一个人的小美好

冯梅 著

中国经济出版社
CHINA ECONOMIC PUBLISHING HOUSE

北京

图书在版编目（CIP）数据

一个人的小美好 / 冯梅著.
--北京: 中国经济出版社, 2019.10
ISBN 978-7-5136-5723-5

Ⅰ.①一… Ⅱ.①冯… Ⅲ.①随笔—作品集—中国—当代 Ⅳ.①I267.1

中国版本图书馆CIP数据核字（2019）第116106号

责任编辑	李 丰　高晓晔
责任印制	巢新强
封面设计	仙 境

出版发行	中国经济出版社
印 刷 者	北京力信诚印刷有限公司
经 销 者	各地新华书店
开　　本	880mm×1230mm　1/32
印　　张	8
字　　数	130千字
版　　次	2019年10月第1版
印　　次	2019年10月第1次
定　　价	39.80元

广告经营许可证　京西工商广字第8179号

中国经济出版社 网址 www.economyph.com 社址 北京市东城区安定门外大街58号 邮编 100011
本版图书如存在印装质量问题，请与本社销售中心联系调换（联系电话：010-57512564）

版权所有　盗版必究（举报电话：010-57512600）
国家版权局反盗版举报中心（举报电话：12390）　（服务热线：010-57512564）

那日在大学校园遇到一位相知多年的好友。作为一名高校教师,她至今未婚,一人独居在校园。见到她时,她刚从新疆采风回来,看她一脸的风尘仆仆,我问候她:"最近可好?"她当即明白了我的用意,揶揄着笑道:"你们是不是以为我一个人过得很孤单?恰恰相反,我觉得一个人的日子实在是棒极了!"

在我身边,有这样一群女性:她们经济独立、精神富足,过着独居的日子。也许有人会说,她们一定桀骜不驯,不愿轻易向现实低头。在我看来,感情是一辈子的选择,自然需要审慎对待。有些人幸运,早早遇到了自己的真命天子,而有些人也许一辈子也遇不到。面对个人生活方式的选择,上天赋予了每个人平等的机会。

很多人认为,一人居肯定有些古怪。无论年龄大小,如果一个女人迟迟不能走入婚姻殿堂,不是心理有问题,就是生理有问题。其实,真实的感情世界中,我们每个人都在寻找更好的另一半。无论哪种生活状态,我们只是一直在寻找医治自己的良方。我们活到最后，还是要遵从自己的内心。生活的苦与乐，选择的对与错，只有个人承担，外人无从妄议。

我有一位女友，自十年前与男友分手后，空窗多年。每每节假日，她都会遭遇父母催婚，于是总想方设法安排外出旅行。时间久了，大家也就习惯了。面对余生，她早早做好了规划，在公司附近买了房，而后买了车，适当储蓄并投资，在自己可以承载的区间里尽情享受一个人的自在清静。偶尔聊到敏感的婚恋话题，她也会平静对待："上哪里去找这么合适的人？如果生活质量被降低，我宁可一个人就这么过。"

无论是快乐还是悲伤，一人居的女性朋友都有着强大的精神支撑，一天天认真地坚持过着自己的小日子。虽然无法预见生活将会发生怎样的变化，依然会珍惜当下每一份小小的惊喜与感动，努力活出自我。当你收获了来自生活的经验与智慧，你会更爱独一无二的自己。

面对无时无刻不在发生变化的世界，一个人的生活，如同一棵生命力极强的野草，无论如何也要染绿一片春天的大地，绽放自己的精彩。照料自己的饮食起居，呵护自己的身体渴求，拥有富足的精神世界，将每一天都过得精致温暖。一个人的日子，也可以足够闪亮！

Chapter 1 　　一个人又怎样？我不为取悦他人而活

　　生命，所有人只有一次。要考虑清楚，认真对待自己的每一次选择。说再多，其实都不如一次有想法、有原则的行动。一个人又怎样？我自信，我笃定；我惜缘，我自律。在人生的路上，做一个有坚守、有想法、有追求的人。亲爱的，我们只能活一次。活着，不是为了取悦别人。

01　没有谁是生命高手 / 2

02　天空飞过你的痕迹 / 7

03　最初的梦想 / 12

04　人生重要的是快乐 / 16

05　做自己的女神 / 21

06　坚定不移守候的心 / 26

07　取悦自己，坚持想要 / 32

08　当你活出自己，就不再需要别人的赞同 / 37

09　除了爱情与婚姻，我们还可以谈点别的 / 43

10　为自己骄傲地活 / 48

Chapter 2　什么是丰富？做精神世界富足的女子

外在的富丽堂皇，终究抵不住现实世界的砥砺风霜。只要精神富足，一个人也可以活得很好。因为，精神上的富有要比物质上的富有恒久得多。做一个精神世界富足的女子，可以悄然抵御外界的任何侵蚀。在自己的自在王国里，我舞我歌。我的世界我做主，我的欢乐我主宰。

11　建立自己的美好王国 / 54
12　诚实面对自己的感受 / 59
13　天真的心是生活必需品 / 64
14　温柔地坚持，脆弱地表达 / 68
15　每一位女性，都是关系里的小太阳 / 73
16　做一株向日葵 / 78
17　爆发你的小宇宙 / 83
18　时光尚好，怕什么孤独终老 / 88
19　女人，愿你优雅如书 / 93
20　活出自己，傲然绽放 / 98

一 个 人 的 小 美 好

Chapter 3　独舞的探戈！一个人的日子也要过得精致温暖

这世上只有"日子"是无法阻止且必须一天又一天坚持过下去的。一人居的日子，衣食住行皆见品位与智慧。若过出精致与温暖，你就对了，你的世界也就对了。认真生活，珍惜眼前，感恩当下，就算是一个人的日子，也足够闪亮。

21　日常生活，是我们一生最尊贵的工作 / 104

22　人生第一桩事，是生活 / 109

23　每一天都是与世无双 / 114

24　保持内心的纯粹 / 118

25　享受美食才是人生的最高治愈 / 123

26　给自己办一次特别的生日派对 / 128

27　旗袍，诉说你的古典美 / 133

28　拥有一份独特的爱好 / 139

29　自由出行的快乐主张 / 144

30　活出女人的活色生香 / 149

Chapter 4 做奔跑的兔子！请给我努力之后的运气

> 越努力，越幸运。没有欢笑的时光，是虚度的光阴。纵使一个人生活，也要积极欢乐，做一只奔跑的兔子，于阳光、进取中塑造快乐爽朗的个性，于果决、爽利中确定进退取舍的原则。有思想，有才情，集美丽与优雅于一身的女人，怎么会不拥有努力之后的幸运？

31 兰心蕙质女人花 / 156

32 锻造善良包容的心 / 161

33 美女厨娘的精致玲珑 / 166

34 敞开你的世界 / 171

35 打扮漂亮，走出去 / 176

36 "乐活女王"的快乐主张 / 181

37 个性鲜明的人才会有涟漪 / 186

38 一个人的英雄之旅 / 190

39 与你的世界握手言和 / 196

一 个 人 的 小 美 好

Chapter 5　游弋在浪潮！你就是你，颜色不一样的烟火

　　爱是一件千回百转的事。在一个人的世界里，尽情畅游，追求过，徘徊过，终究会收获自己的精彩。一个人的世界，有义无反顾，更有柔情万种。憧憬未来，一个人的来时路、去时路都是最独一无二的回忆。

40　珍惜此生最美好的际遇 / 202

41　爱是一件千回百转的事 / 207

42　年龄帮我们见世面 / 212

43　用一生的时间修炼美丽 / 217

44　抬头看世界，低头做公益 / 222

45　闲下来，成为看花的羊 / 227

46　升级朋友圈 / 232

47　用品位提升生命的质感 / 237

48　如你所是的那样绽放 / 242

一个人又怎样？
我不为取悦他人而活

  生命，所有人只有一次。要考虑清楚，认真对待自己的每一次选择。说再多，其实都不如一次有想法、有原则的行动。一个人又怎样？我自信，我笃定；我惜缘，我自律。在人生的路上，做一个有坚守、有梦想、有追求的人。亲爱的，我们只能活一次。活着，不是为了取悦别人。

01

没有谁是生命高手

一辈子太长,别将就

而今的时代,爱情和婚姻成了大家嘴边的鸡汤,似乎每天都得喝上几口才够解渴。

倘若你单身,无论是什么原因,只要是这个事实,那么,身边的人就会表现得比你还焦虑:别挑了,赶紧找人嫁了吧!别总宅着,出去才有机会啊!我家小舅子不错,要不要我帮你撮合撮合……

可是,婚姻真的是可以让人迅速过上幸福快乐生活的灵丹妙药吗?

如鱼饮水冷暖自知的话说得太多,却也掩盖不住冰冷的现实。好友数天前带着女儿去青岛拜访十年未见的舅舅、舅妈,未曾想,一周下来竟连舅舅的面儿都没见着,倒是和舅妈有了数次深入的

一个的小美好人

交流。

十年前,那是一个怎样风华正茂的女人啊!高挑的身材、白皙的皮肤、出众的气质、优雅的谈吐。如今经过十年的磨砺,面对长期在外忙碌的丈夫、独自照料两个儿子的起居学习以及应付所有家庭的各类突发状况,这个女人苍老了不止二十岁。在她的脸上,有着掩饰不住的憔悴和压抑。

"我是亲眼目睹了一个女人如何快速苍老的过程啊!"好友忍不住地感叹。

这是一段明显付出不对等的婚姻。十多年前,这个自认为嫁给了爱情的女孩从朝鲜回国,遇到了自己的爱人,拿出全部的积蓄——1万美元为小两口的幸福生活购买了第一套婚房。婚后,她相夫教子,丈夫在一家国企上着稳定的班。渐渐地,他们生活的距离渐行渐远。为缓和关系,她再度怀孕,产下次子。

与所有传统的女人一样,她几乎摒弃了自己的一切爱好。一个人不眠不休地照顾发着高烧的儿子、一个人做好一大桌子的饭菜等着丈夫回家、一个人走在寂静的马路上默默哭泣,一个人送孩子去上学遇到各种突发状况、装修时一个人面对一帮装修工人的无理取闹……在那些无数次的"一个人"里,有很多次的隐忍和委屈,可是她将一切托付给了岁月,托付给了自认为最伟大的爱情。

可是她的丈夫呢,每天除了上下班,就是在外打牌。即使在家,也几乎不管家里的家务,更谈不上辅导孩子的学习。经常是妻子在做饭，他躺在沙发上玩手机，等做好一个菜，他就开始上桌吃，等到妻子关火走出厨房，他已经吃完，留下一桌子的狼藉……

多少次夜深人静，她躺在黑夜里默默流泪，打他的电话，不是关机就是无人接听。等他回家的灯越开越晚，晚到天亮也不见人回。这样的婚姻，让那个曾经独立优雅的女人彻底失控。久而久之，她把自己内心隐忍的愤怒和压抑发泄到了两个儿子身上，打他们、骂他们、恨他们的父亲，更恨生活怎么把自己逼成了这副模样！

婚姻最大的杀手，不是出轨，甚至不是家暴，而是差距太大、不平等的付出。结婚典礼上的誓词还回荡着，说好了你要为我遮风挡雨，结果你竟然成了我生命中最大的风雨。

"与其在痛苦里挣扎，不如我一个人过，我值得过更好的生活。"人到中年的女人，喃喃自语道。

现实纷扰里的冷暖自知

还记得大学时代，我们来自四个不同地域、不同家庭背景的女孩经常一起憧憬自己的未来，畅想自己今后会拥有怎样的爱情和婚姻。如今二十年过去了，我们已然各自拥有自己的人生。只是四个人中，尚有一人未出嫁；另外有两个都分别与自己过去的恋人分了手；唯独有一个，始终如一地在坚持自己的选择。烟波浩渺的日子里，谁又能下出定论，到底谁比谁更幸福？

> 一个人的小美好

那个憧憬着一毕业就结婚，把做家庭主妇当成人生最大梦想的女孩，后来顺风顺水硕士毕业后在一家普通的高职院校任职，夫妻恩爱，女儿可爱，也算是幸福美满；那个曾经十分优秀、看似强悍的女孩从深圳离开后定居成都，以我们都大跌眼镜的方式成为一名真正的家庭主妇；那个曾经情窦初开、蹦蹦跳跳有着男孩个性的短发女孩，如今成了北京一家新闻出版机构的骨干，过着优雅的单身生活。而我，始终不肯离开家乡半步，在武汉偏安一隅，过着属于自己的日子，养育着一双儿女，与夫君携手共同打拼并逐步实现我们的家庭梦想、事业梦想。

相较而言，我们四人在二十年的光阴流转中，到底谁比谁更幸福？也许幸福不是一个简而化之的标准。但是我心中对于"成功与幸福"的概念确实在悄然发生变化。

过去，我们所认为的"成功与幸福"就是世俗意义上的有钱、有地位，住着别墅，开着豪车，四处潇洒。而如今，在高物价、高房价的高压态势下，我们渴望的不再是简单的物质享受，而是希望家里无病人、法院无亲人，用远虑解除近忧，一家人和和美美，夫妻安康和睦，行驶着衣食无忧的生活小船已然足够幸福。

撩开现实的面纱，那日四人同在北京相聚，各自陈述自己的苦恼：那个成为家庭主妇的女孩诉说和先生越来越缺乏沟通与理解，有时特想从婚姻里面逃离；成为大学教师的女孩诉说自己已然没有一点点私人空间，工作压力大时真的想甩开所有烦恼，跑到深山老林去隐居；而我的压力则来自各类无情的现实：上有老下有小，自己不敢生病、不敢休息、不敢有休闲，已然变成了一刻不停的"老黄牛"。唯独留在北京的单身女孩成了我们三人异口同声的羡慕对象：你倒是逍遥自在，一人吃饱全家不饿啊！

其实在这二十年的光阴里，她一样要面对来自外界的许多压力。也曾相亲过，也曾渴望过，也曾与数个男人交往过，但最后谈及婚姻，她还是逃离了。"如果是为了结婚而结婚，为了让别人高兴而结婚，我为什么要去做这件傻事？"抱着笃定的信仰，她一直在人海中寻觅属于自己的缘分。也会有身边人投来异样的眼光，但她的立场也足够坚定："我单身，我无罪啊，与你们何干？"

现实的世界里，无论你以怎样的姿态活着，妖娆也好，质朴也罢，柴米油盐你总得行云流水地过。没有谁是生命高手，可以承诺一辈子幸福，可以拍板一辈子快乐。就像鱼儿欢畅地在水中游弋，那也得是适合它生存的水质。否则，谁能保证一个人的日子就一定会比两个人难过？谁又能说两个人的世界就一定拥有比一个人更多的惬意与幸福？

02

天空飞过你的痕迹

"天空不曾留下飞鸟的痕迹,但我已经飞过。"这是印度诗人泰戈尔的名句。多少年来,那些关于爱的故事、爱的回忆,就像那些已经抖落风尘、停歇在树梢的鸟儿,虽然痕迹不曾留下,但已然飞过。

记得那年和女友佳琪一起苏州旅游,在临睡前,她拿起手机,突然就哭了。

我问她:"怎么了?"她找出手机QQ空间里的留言给我看,一个名叫"为爱守候"的人给她留言:无论你在哪里、过得怎样,请一定要记得,我的手机24小时为你开机,我的心永远为你牵挂。

原来是旧情难忘!

那是一段浪漫的校园爱情。和所有郎才女貌的故事一样,他们热烈地相爱了。这位高大帅气的福建男孩给了初次恋爱的佳琪梦幻般的呵护与疼爱。"那时候，我一个人到宿舍楼下买零食他都不放心，要陪我一起去。后来我到某家通讯公司实习，每晚九点半下班，他每天都去接。实习三个月，90个夜晚，他每晚都会准时等候在公司门口。"她说，她一辈子都忘不了那个场景。

那种彼此的爱慕、欣赏，以及放在嘴里怕化了、握在手里怕飞走了的爱恋，让佳琪永生永世都难以忘怀。

可是，毕业季不可阻挡地到来了。男孩的父母让他回去继承家业，那是一个庞大的家族，祖祖辈辈都是做茶叶生意的，男孩是家中唯一的男丁，自然是必须回家接管产业。很现实的问题是，如果两人还要继续牵手下去，女孩就得跟随他一起去生活。对她来说，一个人独处异乡倒是其次，最主要的是男孩老家当地的传统是：女孩在结婚之后，必须在家相夫教子。让一个受过良好高等教育的女孩去做全职太太，而且随着时间的流逝，也许这个女孩会面对很多来自家族的压力和矛盾，也会日渐与外界疏离，更会慢慢地变成一个自己都会不喜欢的中年妇女……想到这些，佳琪后怕了。

就在这时，佳琪的父母在北京为她找好了一份事业单位的工作。这对天生爱跳舞、容貌姣好、学播音主持专业毕业的她来说，北京的大好前途自然更吸引她。几乎是很自然地，她慢慢推却了男孩共同回到家乡的邀约，跟随家人踏上了去往北京的路。

随后几年，两人鲜少联络，佳琪更是怕触碰到那个敏感的地

一个人的小美好

带。过去两人之间的海誓山盟也渐渐地被淡忘，现实的日子才是清新的、跳跃的。很快，经人介绍，佳琪遇到了现在的丈夫。丈夫是家人满意的，有车有房，还开着自己的公司，众人都说很适合她。

佳琪结婚的时候，收到了前男友寄来的礼物，是她过去很多年用过的小玩意，有小饰品、耳环、零钱包、项链，还有绣着她名字的毛巾。分手这么多年，他居然还一直保留着。曾经他们一起用过的情侣号码，男孩用的那个，还一直保留着。他在包裹里面写了一张纸条：只要你愿意，我这个号码一辈子都会为你保留。

婚后，平淡如水的日子每天照过，佳琪也在父母家人世俗的眼光里面结婚、生子、工作，如寻常一样，似乎忘记了曾经有过的那段爱恋。但是，丈夫不会像那个男孩那样宠溺她。在丈夫眼里，她也是成年人了，很多事情完全可以自己解决。

所以，她默默习惯了一个人去超市扛一大堆日用品回家，习惯了无论多晚都是自己打车回家。日子久了，也就习惯了这种淡淡的落寞。

只是前几天，她又加班到夜里十一点多，还是一个人走在回家的路上，有朋友问："怎么不叫你老公来接你啊？"她回答："他打牌呢，叫我自己打车回家。"我们都知道，她上班的那个地方在经济开发区，有时候晚上走很远都打不到车。不知道在那个寂静漆黑的夜里，她一个人独自走了多久，内心又是怎样的一份空洞与寂寞，才在QQ空间写了一段话，被前男友看到，就有了前文的留言。

我听着佳琪的故事，内心百感交集。到底有多少人，会在一个人回家的夜晚、独自喝醉后的深夜，默默回想起从前陪在自己身边的人，那个对你千般好万般爱，却最后还是没能走到一起的人？

从苏州旅游回来，当我再见到佳琪，已经是半年以后。这一次，她容光满面地出现在我面前，身段婀娜、举止优雅，走起路来都是一阵盈盈的香气。她开口的第一句话就是："亲，快祝贺我，我自由了！"望着她面对新生活的这份自得，听她畅聊自己如何安排好一个人的自在小时光，我突然间就读懂了她。

数月前，佳琪搬离了曾经的那所大房子。这一次，她不再顾虑旁人的感受了，她只想为自己痛快地活一次。很快，她在北京四环外租了一套40平方米的SOHO公寓，房子不大，但是所有生活设施一应俱全。最难得的是，她楼下就是便利超市，步行20分钟即可走进繁华商圈，吃喝玩乐一应俱全。平时，她除了工作就是认真地打理好自己的业余生活，看书、看电影、刺绣、制作油画等，周末的时间会约上三五好友出去逛街、唱歌或是郊游，有时会参加家庭聚会，和大家畅聊到深夜。遇到节假日，她更是选择独自一个人或是与朋友们结伴出行，无论是国内三五天的小游还是东南亚七八天的出行，她都去了个遍。在这段独身的日子里，她学会了自我疗伤，不再沉迷于过去的伤痛；她学会了化妆，学会了自己给自己做美

容、做身体护理,不再有对他人的期待,不再有嘤嘤艾艾的失落,她把自己的日子装点得轻盈痛快,畅快无比。所以,她的气色、她的状态,与过去简直是判若两人。

如今的她,一点不像离过婚的女人,也一点不像年近三十的女人,见过她的人都惊呼:你是怎么做到的,你怎么可以如此年轻貌美?

03

最初的梦想

为爱跳跃的心

那日走过黄昏的街道，思嫚听到音像店里传出范玮琪演唱的歌曲《最初的梦想》："如果骄傲没被现实大海冷冷拍下/又怎会懂得要多努力 才走得到远方/如果梦想不曾坠落悬崖 千钧一发/又怎会晓得执着的人 拥有隐形翅膀……"突然，心就动了。

走过青春，走过迷茫，独身一人面对三十岁的关口，仿若是电光飞火，思嫚刹那间就触及到了自己最初的梦想！

在那个最灿然的芳华里，美若仙子的思嫚一直拥有众多的追求者。那时候的她，身段婀娜地走在大学校园，本身就是一道亮丽的风景线。还记得大学毕业前，我们每个女孩心中都喷涌着梦想的波涛：我要公费出国留学，我要考上硕士，我要当公务员，我要去沿海城市工作……唯独她的梦想让大家都笑了。她说自己的梦想就

> 一个人的小美好

是找一个真心疼爱她的人，做一名优雅的家庭主妇。梦想里面，走来一位风度翩翩的白马王子，有体贴温暖的怀抱，有宽厚包容的肩膀，有温柔细腻的呵护与陪伴，有执子之手与子偕老的守护与浪漫，然后生生世世，仿若置身童话般的世界，愿意为他洗手作羹汤，愿意为他拂去眼角的疲惫，愿意为他放弃世间所有的荣华富贵，愿意为他清风明月，愿意为他做任何事……因为一切的一切，都关乎爱情！

都说心有所想，老天自然有感应。那个深情款款的男子，果然就如期来到了思嫚的生命中。在一次心理健康培训讲座上，老师提出让大家画一幅《在雨中》的场景素描。思嫚注意到，一位外形帅气的男孩拿着自己的画作跟大家分享：他撑着一把油纸伞，独自在一个古色古香的雨亭中等待，直到天色阴沉，雷雨欲来时，他四下张望，深情等待他心中的佳人。心思细腻的他，不忍雨水淋湿了心爱的人，特别在即将降雨的天空绘制了三滴雨水。与此同时，他还清唱了一首周杰伦的《青花瓷》："天青色等烟雨 而我在等你/炊烟袅袅升起 隔江千万里/在瓶底书汉隶仿前朝的飘逸/就当我为遇见你伏笔……"望着他深情的脸庞，一股英雄壮士的豪情和等待心上人的柔情刹那间弥漫眼底，思嫚的心顿时醉了。

那种彼此的吸引，几乎就在一念之间。很自然的，两人开始交往，并共同度过了一段非常美好的时光。两年后，男孩到外地出差，沪渝高速上一场突如其来的车祸，让他殒命，也将思嫚彻底从天堂跌落到地狱。

心境的改变，几乎是在一瞬间。此后的思嫚仿若变了一个人，她不再轻易言笑，不再开朗健谈，她如寒风中瑟瑟发抖的小鸟，把自己的心收得紧紧的，不轻易让人靠近。多年来，她营造了一个人的王国，一个人的世界。

千锤百炼后的心

此后，思嫚在远离城市繁华的湖边买下一套单身公寓。身为大企业里HR的她，完全有经济实力让自己过上理想的生活。

清晨，她在鸟儿的清歌中醒来，揉揉惺忪睡眼，伸个懒腰从床上坐起来。走入厨房，给自己做了一顿丰盛的早餐：牛排三明治、酸奶水果、有机胡萝卜、荷兰豆、蘑菇。望着自己摆好的拼盘，思嫚会心地笑了。

爱人的离去，如今已是经年。过去的日子，她曾经抗拒食物。时间久了，身体开始报警，有一天她开始质问自己，为何一个人不能认真对待每一顿饭？这并不是一群人的专利啊。于是，她变得喜欢下厨，也在厨房里面找到了许多新的惊喜与期待：或许某一天的清晨，我能捧着最新鲜可口的食物奉送给我的爱人。那一刻，思嫚明白了，泡面是别人的，但生活终究是自己的。

一个人久了，总免不了要面对外界的一些压力，来自父母亲朋，来自同学同事。大家热心地给她张罗介绍，给她一些好的建议

和疏导,希望她可以尽快地在心里接受另外一个人的存在——真正把自己嫁出去。

思嫚想得很清楚,在行云流水的日子里,她不再奢望天长地久的爱情,她只求自己内心的快乐与安宁。与其为了结婚而结婚,为了家人朋友们的所谓"随大流"而放弃自我对婚姻与爱情的真实期待,那并非她想要的。还记得那最初的梦想依然在梦中频频挥手,找一个对的人,择一城,好好地相爱,快乐地终老。如果找不到,那不如一个人快乐怡然地过。

如今的她,经济独立,情感独立,思想也独立。周末穿着民族服饰的她,走到哪里都是一道亮丽的风景线。

独自一人的时候,她会把家里的音响打开,一遍遍地听那首红遍大江南北的《最初的梦想》:把眼泪装在心上,会开出勇敢的花/可以在疲惫的时光,闭上眼睛闻到一种芬芳。听闻这句,她仿佛找到了重生的依靠。想明白了这些,思嫚变得爱笑,也变得爱交际了。她的朋友圈子迅速扩大并让身边的人获得了许多快乐的感染。那日她笑着对我说:"最初的梦想,谁说就一定遗忘在了路上呢,说不定我就可以找到自己最初的想要。"

望着眼前的她,我感到快乐极了。无论过去是怎样的梦想,今后的日子,依然要像开着花儿一般地过。

04

人生重要的是快乐

活得快乐，比什么都重要

当我再次见到俏俏的时候，她刚从非洲东北部的埃及回来。从举世闻名的金字塔到红海，从菲莱神庙到埃及末代国王法鲁克的行宫——蒙塔扎王宫花园，她讲得眉飞色舞、兴致高昂，完全不见有风尘仆仆归来的疲惫。

在我眼前的她，这段历时近两个月的出行，让她的皮肤又黑了一度，脸庞也变得更加瘦削。但是她精神状态极佳，时常咧开一嘴的白牙，"嘿，我告诉你，那真是很神奇啊，你以后可一定得去！"

她就是一个活脱脱的快乐人。每次见到她，我全身都会觉得很放松，平日里工作的烦忧、家庭的压力都会荡然无存，这也是很多年来我一直和她保持亲密互动的原因之一。十年前，北京女孩儿俏俏毕业于中国人民大学国际金融系，本可跟她的同学一样在北上广

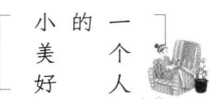
一个的小美好

的某家金融机构找份光鲜稳定的工作，可她偏偏做了自由撰稿人。她对我说："我就是要带着一支笔走遍全世界！"

果不其然，她以自己出众的文采和严格的自律，多次只身出境旅游，其间经历的凶险和困难可想而知。但是在乐观爱笑的她这里，一切都是笑谈！她从不轻易和我说起苦楚，每次都是新鲜的素材、快乐的元素、奔涌的生活，一股全世界铺陈眼前的繁华气息迅速弥漫开来。

俏俏就有这样的人格魅力。十年来，她去过世界各地许多我们

根本没曾想过或者听说过的地方。每一次出发，她都会轻装上阵，简单地收拾几件衣物就在首都国际机场出现了。一路上，她靠着为国内各大旅游期刊和网站撰写自由行游记的稿费支撑旅途开销，如若需要短暂小住，她就会用自己的方式去和当地人沟通交流，赚足自己接下来生活下去的各种费用。待到离开时，她必然又会空空如也地踏上归途，回到熟悉的北京。

她对我说："活得快乐，比什么都重要！"看到周遭人为房子、为车子拼命工作，为升职加薪费尽心机，她感到不可思议：人生本来是两手空空来，两手空空去，这是何苦？

我欣赏她的豁达与洒脱。个性张扬的她，爱憎分明，自己过着"一人吃饱全家不饿"的生活。回到北京后，还会尽自己所能帮助弱小，她曾经资助了两个来自甘肃贫困地区的初中女孩。在QQ软件流行的那几年，很多人都在为QQ签名苦恼的时候，她公然甩出：像我这么没有个性的人，还能有什么签名。引得我们一阵捧腹大笑！

没有个性，就是最大的个性。

十多年来，她活得潇洒，活得率真，她的笑容比谁都多，她的快乐被无限放大。我们甚至都不能想象她会有难过，她会有悲伤，她会有孤单无助的时候。甚至恍惚间，还会觉得，一个人的世界多美好啊！当许多人为家庭琐事缠绕，为夫妻关系发愁的时候，她的一人世界，她的特立独行和潇洒放纵，是天边吹来的一阵清新的春风！

一个人的小美好

把一个人的日子过好，是本事

成为一个人的背包客，永远地纵情四海，不选择融入世俗的世界。在这背后，其实袁俏俏也有一段难掩的伤感。

八年前，她在一次旅途中认识了最爱的那个他。他是著名探险旅行家余纯顺的忠实粉丝、高级知识分子，却在探险中找寻到了人生的终极意义和心中挚爱。那几年，他们时常一起结伴而行，在旅途中把对彼此的欣赏和爱恋铭刻到了极致。不想，三年后，他在一次探险途中不幸遇难。

我未能见到俏俏痛苦的样子，只是在那之后的一年，极少有人可以找到她。她把自己封闭起来，不让人轻易靠近。也许，她把自己独自封锁在某处痛哭了一年；也许，她在爱人殒命的地方守了一年的灵。

一年后，她出现了。她对外正式宣布：终身不嫁。她说要在自己心里种一亩田，这一亩田里的所有都要为他灌溉，她的一生都是为他而存在。这就是她所理解的爱情。无论外人有多少不理解，她都笃定自己的选择。

在她心里，所有的名利、房子、车子、股票、基金都是身外之物，人生在世，只要活得健康、活得快乐，一切都是浮云。所以，她回到北京，也只是在朋友的家里住一两晚上或者在租住的地方待上一段日子，很快就会再出发。我们也习惯了，云游四海的她行踪总是飘忽不定，她的住处永远都在流动，她的行程也是五花八门。

有句话这么说：每个人的生活都有苦，你不是别人，所以你不能体悟别人所经历的苦。往往很多时候，那些笑得最大声的人，都是心底最苦的人。可是，既然一个人也能有美好的人生，为什么非要一定去追求那种不对等的两人世界呢？

解读一个人的命运，就是看一个人的快乐。上帝安排一个人的命运，或者说给一个人使命，其实是给他一个爱好，一种真实的喜欢，一种叫作"瘾"的东西。

人没法拒绝自己的真实感受，不论现实把它层层夯实在哪个轨道里，他总会一点点拨开重压，打开一丝丝缝隙，让自己融入真实的快乐里。这个让一个人快乐的东西，就是一个人命运的把手。

做自己喜欢的事情，激发自己的快乐至高点。要找到那件能让你一直不厌其烦地做下去的事。你不厌其烦的地方，就是你的天分所在。

美丽的俏俏证明了这一点。在她的人生信条里，所有的时间和精力都要花在追逐快乐的事情上。比如旅游，比如写作。当人生的内容里不再有婚姻与家庭的追逐，她就把这两件事当作全部。面对旅游，她全力以赴，她享受过程中的新鲜与好奇，也接受各种突如其来的变故；面对写作，她享受的是创作的过程，享受写作带来的快乐和满足，而不是每天想着要赚多少稿费、要完成多少任务。

人生重要的是快乐。

05

做自己的女神

你若微笑，日月倾城

2008年，我采访过一位国内著名的脱口秀电视节目制片人。十多年来，我对她一直印象深刻。她的名字娇俏华美，充满了父母宠溺的滋味。默默地念着，嘴里似含了糖果般，甜腻温软，似小公主般的撒娇。

这个充满魔力的女子仿佛天生就有耀眼的光环，闪烁着精灵般的风华。还记得她对"成功"的定义：体会过奋斗和拼搏的感觉，从中享受到了过程本身的兴奋，也得到了相应的酬劳，巩固了自己的人生观和价值观；内心充盈幸福感的人，丰满充沛的人生状态；知足常乐，有平常心、求知欲、上进心；不需要任何名牌来武装自己。

总有人说，我们要相信"相信"的力量。相信了，你便会梦想成真。正如她奔赴电视行业的那份赤诚,百分百投入,全身心爆发小宇宙,不但挖掘自身潜能,用才华和拼搏面对这个充满创意和挑战的行业。

一路走来,她已然实现自己想要的成功。大学毕业后,她去深圳做了两年的外文翻译。作为孝顺的乖女儿,在得知父亲病重但刻意隐瞒她的事实后,带着"只是为离父母近一点"的心愿,机缘巧合地进入电视台,选择了一个全新的舞台。此后的数年,她白天跟大家一起工作,晚上还在机房苦练,最后做的片子连自己看了都觉得:哎呀,真好!这回行了。

她是那样地率性可爱。一天,台长找到她:我希望做档节目,让观众每三分钟大笑一次,你来试试看吧!可就是这样一个身担重任的女孩子,在片场可以扯起大嗓门,工作质量严格把关,谁能想到,她身上还有孩子气的一面。当新节目的制片人位置摆在她眼前时,面对一众台领导,她抬头就问:"我能不能谈会儿恋爱再当?"

原来,她正进入热恋期,却不想台领导此刻给了她新的节目和重任,这样私生活必定会大受影响。但没办法,还是得上。谁让你能干!

接下来,她开始没日没夜地研究起美国的脱口秀节目。用身边朋友的话说:你是把自己卖给电视台了。

为了钟爱的事业,她放弃了太多太多。比如每个女孩都喜欢的

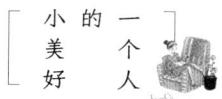

一个小的美好

逛街、看电影等各类休闲娱乐，比如很多人以为的"你得在合适的时间做合适的事"。时光飞逝而过，她的个人世界一成不变，只是开始心安理得地接受"才华横溢天赋异禀"这样的称赞。

从进入电视行业到现在，已经二十多年了。她从初出茅庐到头顶"中国脱口秀节目的领军人物"光环，走过了一段有故事的路。

对于单身，她回答得很审慎："婚姻和感情不是必需品，而是补给品"。作为单身女子的她，依然快乐，谈过无数次恋爱，但没有想过一定要停泊在必须的彼岸。

聪明女人，懂得筹谋

搜寻她的近况，发现她已然优雅转身，烫着一头优雅的波浪大卷发，笑容甜美可人。她决意要在更有挑战的舞台上实现个人的理念和创意。

这一次，她依然秉持了个人幽默爽朗的魅力。"新平台对我最大的吸引力，就是它的品质感。当对方来找我时，我非常开心。现在的潮流是主持人领导化，到这里后，看到同事们穿着西装向我走来，我就觉得他们非常帅。所以，第一是品质感；第二是领导的眼光；第三是充斥着帅哥的环境，我喜欢。"

二十年的光阴，足以改变一个人。青春孤注一掷，一路飞驰下来就能成就一个人的梦想。

如今，她早已经实现了自己的梦想。在微博中，她如此畅谈一个人的日子：许多时候，我们是要过很久才会成为明白人：明白自己是一个人；明白自己的一切只有自己给才是安全的；明白在长长久久的日子里，握着自己手的人是自己，最懂自己的还是自己——人生从来都靠自己成全！

有时间的日子，她会独自在家捧读《挪威的森林》：每一个人都像是一座两层楼，一楼有客厅、餐厅，二楼有卧室、书房，大多数人在这两层楼间活动。实际上，人生还应有一个地下室，没有灯，一团漆黑，那里是人的灵魂所在地。身处暗室，闭门独修，正是为了面对真实的自我。

她是如此文艺，喜欢在雨中漫步："喜欢这种淅淅沥沥的感觉——清新、自然、不含杂质，这时候，心也会平静下来，投入这雨中；喜欢在雨中撑着伞漫步，听着雨点落在伞上那晶莹剔透、深入人心的声音——这声音就像敲门声，悄悄地打开你的心房，把寂寞、烦恼全给拉出来，让你的心扉变得敞亮。"

在微博中，她还跟朋友们推荐女作家吴瑜的新作《真爱并非运气，被爱是种实力》：什么是聪明的女人？就是懂得为自己筹谋、规划、经营自己的美丽女人。

她是善变的，有时还特别搞怪。2017年5月20日当天，她发了一条微博："弱弱地问一下，'520'你们缺灯泡吗？就是坐着吃饭不说话特别懂事的那种人。吃完就走，真的。还可以帮你们拍照，我会P图，现在找份兼职真难。"同时，她又是如此善解人意：当你

一个人的小美好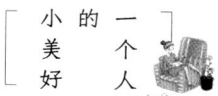

一个人熬过黑暗，笑靥如花的出现在大家面前没有人知道你用了多大的力气才让自己走出阴暗……继续加油前行，让自己的生活——风来花自开！

对于身边人的各种好心劝解，她也会借用陈忠实先生的话如此应答：好好活着！活着就要记住，人生最痛苦最绝望的那一刻是最难熬的一刻，但不是生命结束的最后一刻；熬过去挣过去就会开始一个重要的转折，开始一个新的辉煌历程；心软一下熬不过去就死了，死了一切就都完了。好好活着，活着就有希望！

做自己的女神，当快乐的单身女生，为值得的事去奔赴，永远追寻自己内心的热爱，并灿然享受一个人的美好！作为晚婚主义者，她崇尚在实现了自己的愿望后再去谈婚论嫁，等事业做得有模有样了再去谈生儿育女。

06

坚定不移守候的心

面若桃花,她在丛中笑

两年前,在一次全市民政系统的公益论坛上,我遇到了小桃红。

都说名若其人,小桃红有着令同性都爱怜的娇美容颜。她皮肤白皙、五官精致、身材匀称,身着飘逸长裙,一副超凡脱俗的模样。

真是相见恨晚,我们很快成了无话不谈的好友。在共同学习的五天时间里,我们几乎形影不离地共同结识新朋友、乐此不疲地去向老师请教我们感兴趣的话题,我们进出校园、一起走向湖畔并驻足歌唱……短暂的相逢之后便是分离,分开前我们依依不舍,彼此互加微信,约好一定择机喝茶、赏花,聊聊我们人生的风花雪月。

时间过得很快,每个人在自己的世界里沉沦,当初说好的"约

一个人的
小美好

见"也一直都未能成行。在微信朋友圈，我一直默默关注她的世界，忙事业、忙公益、忙学习；她四处旅行，有疯狂地加班，有放松地游玩，但唯独没有抱怨、没有苦恼、没有压抑、没有烦躁——似乎在她的世界里，全都是为生活奔忙的美好。

我喜欢这样的女子，欣赏这样的生活态度。这个聪慧美丽的女子自称"中年少女"，把自己一个人的日子打理得异彩纷呈。

数年前，经济独立的小桃红在武汉为自己买下了一套自住房，而后打理着自己的环保小店。她说现在的自己，除了事业上的小小压力外，其他各方面比十八岁时还要自在。

我好奇，怎么个自在法？"不断地学习，是解决很多烦恼的好方法。"在她的世界里，专注自己想做的事情，相对就远离了烦恼和无聊的人，每天忙都忙不过来，哪里还有时间去考虑其他？

每个人都会有烦恼的时候，个性隐忍、坚强的她每每遇到烦恼一般都不会挂在嘴边，而是选择去犒赏自己的胃，约上三五好友一起去大快朵颐一番。"人生没有必要太矫情，也没有必要把小我看得太重。"

这样的笃定和自信，让我十分惊诧。表面看似柔柔弱弱的她，独自生活多年，没想到内心竟如此强大。

对于爱情的渴望，她也有。不过在她看来，爱情跟合作一样，合的是格局、人品和生活方式。"好的婚姻是一定能让彼此变得更美好，接纳彼此、不断学习、相互影响，在这样的关系里面，我更看重的是彼此欣赏和相互支持的感觉。"

她也曾遇到过爱情，那是电光火石般的热爱。没想却是恰不逢时，走着走着就散了。多年后提起，正如她所说："就如手里的沙，抓不紧，就扬了它。没必要欺骗自己。"

我问："还会想起吗？""说完全不想是假的，但是很多事情如果只是徒添烦恼，不如就此与自己握手言和吧。"她如是说。

我欣赏这样的豁达，把过去留给回忆，把今天留在未来。理性

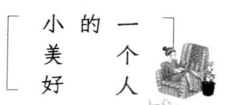
一个小的美好人

和感性并存的她,有时候会因为一件小事情感动到落泪,又时常会敏感到觉得如果有一丝的虚情假意,马上就会逃离得远远的。很难再开启她的心房。

多年来,她美好着,她快乐着,她奔跑着。在人来人往的都市街头,她是一个美好的音符,彰显着美丽的存在。她说:"让别人快乐是善良,让自己快乐是智慧,我要善良和智慧并举。"

一个人的自在生活

十年前便独自一人离开家乡独自生活,我不免好奇小桃红是如何拥有自在生活的。她说,方式有很多,比如一个人的时候遇到喜欢的书,会陶醉其中,觉得很满足,内心也会充盈起快乐;比如一个人的时候会在家给自己做各种养生食物,根据当时当刻的喜好不断创新,甚是愉悦;比如会有效地抗拒三观不正的人,规避掉一些负能量。"努力跟正能量的人在一起,他们说话都是一门艺术,如沐春风。"

拥有自在生活的前提,自然少不了自律。小桃红的生活哲学是用得体的交往换取生活的愉悦:"人与人的交流贵在一个'雅'字,雅而不俗,文雅的交流,多之则腻,少之则空,不多不少,亦有亦无,乃合适。"多年来,她收获一两个可以无话不谈的知己,也有了许多因为事业、学习走到一起的朋友,友情让她丰盈。

心思细腻、外表温婉,在这样一个流行自拍的年代,小桃红也会时常在心情大好的时候自拍并上传朋友圈。如今看她的朋友圈，几乎成了朋友们的一大享受。在这些耳濡目染之下，妈妈对她的生活状态很是满意并放心，认为单身与否并不重要，开心就好。

作为现代女性，小桃红经常会有开车在路上的时候，即使堵在路上，她也会发来心情文字：无欲无求，不争不抢，心柔软目光明。

在一般人渴望的说走就走的旅行中，她随时可以实现，想吃就吃，想走就走。作为自由创业人士，她有很多自己自由支配的时间。对她来说，出门学习多过旅游。"主要是学习管理，比如领导力塑造、团队建设等，今年开始学习新零售、区块链等相关知识。学习让我觉得山外有山，一个问题会有多种解决方法。格局不同，思维不同，注定结果的差距。"

不断学习的状态，让小桃红比同龄人身上更多了一份灵气与生动，在她看来，学习的好处，一是组合和经营正确有效的人脉圈；二是投资有收藏价值的东西，比如收藏和田玉和茶。在这个人人谈理财的年代，她也在实现自我的资产保值增值，不仅操作各类组合投资，还配置了一些风险投资。

对于当下的生活，小桃红比较满意，她享受一个人世界里的闲适和宁静，做着自己想做的事情，爱着自己想要爱的人，她觉得一切都是美好的，而她最大的愿望就是希望和父母一起去旅行，在爸妈的身边，她觉得自己的心特别安定。

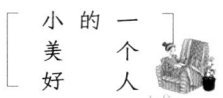

一个小的美好人

"倔强是本色,求真是本质,内心很较真。"小桃红如此评价自己。对于婚姻,她内心很笃定,怀着一颗坚定不移守候的心,她不委屈、不将就。"看到别人婚礼上幸福的模样,或是见到可爱的小宝贝,也会羡慕,但是心里知道,每一段幸福都不是随随便便得到的,而是经营出来的。一个人羡慕没用哟。"

对于未来,小桃红心怀"顺其自然"的期待,同时内心有非常明确的目标:"三年内我希望在我的行业做到排名前三,五年内有自己的平台公司,做个快乐的小股东。"

爱出者爱返,福往者福来。女人之间的惺惺相惜是如此纯粹而自然,和她聊过之后的晚上,我就在梦里见到了她,还是一副仙子的模样,踩着云朵走下凡尘,她朝我笑了。

07

取悦自己，坚持想要

提升自己、接纳自己

把日子过好，让自己活好，比什么都重要。生命的成色不在于时间的长度，而在于生活的质量与深度。

让别人开心是一种能力，而让自己过得高兴才是真正的幸福。如果说幸福像一棵树，它最开心的不是听人夸赞，而是承接日光雨露。取悦自己，让自身散发活力与魅力，才是生命的真谛。

一个人的日子，时常会想着给自己订购一束鲜花，到从事海外代购的朋友那里订购一套香奈儿的护肤品，到高档美容院给自己办一张超级VIP美容美体护理卡，闲来无事还想着是否可以约上好友周末去香港购物……无论哪种取悦自己的方式，其实都是想让自己过得更开心，让自己内心更加充盈而欢乐。

周遭世界的小繁华、内心世界的小悸动，无不构成喧嚣现实的

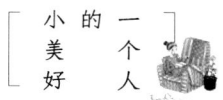
做一个美好的小

异彩纷呈。一个人的世界里，经常会有想对自己说"我爱你"的时刻，爱自己，你才会更爱这个世界；爱自己，你才会觉得你活出了万般滋味！

我们经常还会说，取悦自己是提升自己的内核，提升自己是取悦自己的步骤。大多数人想要改造世界，却很少有人想要改变自己，这也难怪迈克尔·F.斯特利曾说："最具挑战性的挑战莫过于提升自己。"

"自助者，天助也"，有实力才能有底气，有本领才能有运气。提升自己是取悦自己的过程，也是获得幸福感的过程。世上只有三样东西属于你：吃进胃里的食物，装进心中的梦想，藏在脑子里的知识与能力。

于是，很多女孩会想着如何用学习来提升自己，用交际来淬炼自己，用看过的书、走过的路来提炼自己的气质，从而骄傲地行走在这个世界上。

十八岁时，龙攀的梦想是走遍全世界。为此，她通读世界历史、世界地理，认真研读各类人文史料，从内到外地提升自己。四年后大学本科毕业，她以优异的成绩考入美国斯坦福大学。从二十五岁开始，这个说到做到、风风火火的女孩真的带着自己的梦想上路，跑遍了世界上绝大多数的国家和地区。她实现梦想的秘诀就是在任何情况下，都从未放弃提升自己。

靠山山会倒，靠人人会跑，提升自己才是正道。有了提升自己的基础，才能实现真正的取悦自己。一个人成了真正的自己，那就达到了快乐的顶点。取悦自己就是打心眼里爱自己，接受自己的不足。

"金无足赤，人无完人"，人不可能十全十美，你容貌出众但可能情商上欠缺，你办事利落但可能学历不足。接受自己的不完美，在看清自己之后仍能给自己拥抱与爱意。不用去遮盖掩饰自己的不完美，要知道再优秀的人也有不完美的地方。

你的缺陷与不完美恰恰是你的独特点，是你与他人区别的特质。

但你要虚心向他人学习，提升自己，改掉缺点。对于不能改变的硬性缺陷也无须伤心。与其将目光与力气花在这方面，不如提升自己的优势，坦诚面对自己的缺陷。

爱真实的自己，无须营造完美的假象。接受自己，让自己过得高兴，活得开心。

翻看龙攀的朋友圈，我发现龙攀的脸型、五官都算不上特别完美，但她全身都散发着一种光芒，有一份独特的气质。十多年来，她不动声色，悄然接受自己的"不足"与"缺陷"，朝着梦想的方向不断进发，让自己活出了高度，活出了色彩。

感恩自己、取悦自己

每个人都是独一无二的存在，在灵魂深处，大脑的趋势支配

身体的行为,可以去自己想去的任何地方,做自己想做的任何事情——取悦自己就是感恩自己拥有的一切。

生活需要一颗感恩的心去聆听、感受,感恩自己就是珍惜现在的生活,感恩自己就是学会知足常乐。有一颗感恩之心,感谢亲朋,感谢自己。不要总想你失去了什么,而要看自己得到了什么。

阿里巴巴集团总裁马云曾说:"人生不是你得到了什么,而是你经历了什么。"不论成功与失败,皆是经历,皆是财富。

在全世界各地游走之后,龙攀回到了自己的出生地杭州。走遍千山万水,她觉得心中最贴心的地方还是家乡。这里有自己从小到大熟悉的味道,有亲近的亲人朋友,有自己想要去奔赴的各类约会。安顿好一切后,她开始面对一个人的日子,把自己的工作和生活打理得井井有条。在她心里,房子够住就行,日子开心就好,身外之物根本无须太多惦记。

感恩自己,取悦自己,生活中不要因物质欲望让自己忙碌不堪,苦不堪言,生活不是用金钱来衡量的,挣得再多,活得不开心也是枉然。

那日黄昏,在独自居住的房间,龙攀给自己做了一顿晚餐。当大蒜在油锅里爆香,当排骨在锅中滋滋作响,当姜汁与鲜奶冲撞到一起,当广式菜心一棵棵摆放整齐,与食物一起感到色香味俱全的除了味蕾,还有这颗心。这时她不再感到孤单,当她一人将一道菜完成,就好似与食材短暂而甜蜜的相会,自己从中得到了快乐。

感恩自己，取悦自己，不用费心钻营，无须讨好世界，只需要坚持心中想要，活出自我的光彩。

幸福不是云上花，也不是水中萍，幸福是有根的草，根就扎在自己身上。幸福不靠天、不靠地，关键在自己。自己开心，幸福的种子才能发芽，取悦自己才是真正的幸福。

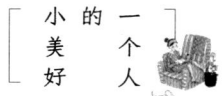
一个人的小美好

08

当你活出自己,就不再需要别人的赞同

揣测是别人的自由,与我何干

最近看到影视演员俞飞鸿在谈话类节目《锵锵三人行》中的一个片段,面对问及为何四十多岁依然单身的话题,她的回答很是笃定:"'没人要'和'不想结婚'是两回事。"这,正是当下许多年轻人想说的。

与此同时,面对紧追不舍的询问,她不卑不亢地回答,也瞬间击中不少人的心。在四十多岁的她看来,更重要的是回归自己,单不单身,结婚与否,"我觉得哪个更舒适,就处在哪个阶段。揣测是别人的自由,与我何干呢?"

面对复杂的人世,身边人林林总总,擦肩而过,未必定会产生电石火花并最终如世人所愿走入神圣的婚姻殿堂。每个人都有落单的可能性。

你得承认,时代飞速发展,信息化日新月异,但人们的思维依然停留在男尊女卑的阶段。不少单身男性活得潇洒自如倒不会有人说什么，但是如果这问题到了女性身上，就变味了。不信试试看，会当即有一大帮阿姨、婶婶们奔走相告，四处张罗，快言快语，急不可耐，头脚点地，苦口婆心：我的傻姑娘，机灵点，赶紧把自己嫁出去啊！那份焦虑，仿佛就是自己身上的头等大事，唯恐慢了半分。

回到"没人要"和"不想结婚"这个话题上来，前者是客观现实，实在没办法顺利脱单，后者则是主观意愿，还没想清楚呢，结婚是否真的合适自己？这当然是两码事。

在朋友私下闲聊的时候，有个很奇怪的现象：剩男往往多数条件相对不佳，剩女却是鹤立鸡群。当然，这虽然有些以偏概全，但也说明了某种现实。究其原因到底是什么？在剩女的世界里，很多恪守自己的操守，不愿意为了结婚而结婚，不愿意为了满足他人的好奇心而轻易放松自我的要求。

当下离婚率居高不下，夫妻关系、婆媳相处、子女教育、家族关系、经济负担、情感纠纷……林林总总的因素交织，让许多围城之外的女孩不禁后怕。不想结婚者大有人在，如果一个人也可以活得很精彩，为什么非得要和别人活得一样呢？

做精神世界富足的人

"如果精神世界富足的话，就算是一个人，不也能活得好好的

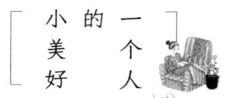
一个人的小美好

吗?"女友艾斓幽幽地对我说。

面对爱情和婚姻,艾斓也曾竭尽全力。二十五岁以后,每次春节回家,她都会遭遇亲朋好友的逼婚,尤其是三年后弟弟也结婚了,她的压力更大了。无奈之下,她开始接受相亲的安排。一次又一次,走马灯似地和各种长相、各种性格的异性见面,见得多了,竟也麻木了。到后来,她干脆一闭眼,你们喜欢什么,我就选什么吧。

几个月后,她开始与一位父母眼中高大帅气、诚实正派的军官交往。无奈,对方远在北京,他们每天只能电话、微信保持联系,偶尔见面,也是节假日。随着时间的推移,相亲见面后的那份热度慢慢淡了下来。有时她千里迢迢赶到京城,两人竟然相对无言,只是默默地吃饭,默默地看一场电影,再默默地各自回到房间。

"试问,这样的感觉又怎能让我有托付终身的勇气?"艾斓曾经跟我诉苦。

顺其自然的,这份感情就被放下了。艾斓很是清静了一阵,再也不想理睬身边人催婚的那些舆论。可是一个人的日子过久了,难免也有想找个人陪的冲动,这时候,一个相识数年的男同事突然对她发起了猛攻。

这位比她小两岁的男孩身上有一份超越同龄人的成熟与体贴,许是因为他母亲历年体弱多病的缘故吧,特别会照顾人、体贴人。那份突如其来的阳光迅速照亮了艾斓的心田,她开始有点小激动,感受到一些小幸福。比如每日清晨办公室的一束鲜花，每日下班前的爱心叮咛，每周周末的约会，感冒生病后的爱心药丸……女孩子期待的那些小惊喜、小浪漫一下子就俘获了她的心。

几个月后，两人开始同居。男方家庭的经济状况逐渐浮出水面，原来男方家底并不丰厚，自家的房子等着拆迁，可能需要等待三五年才有新房入住。男孩工资收入的一半在偿还车贷，所剩不到3000元根本不够个人的开销。与此同时，男孩母亲体弱多病在家休养，父亲在外做工程，收入也并不高，男孩还有一位尚未结婚的哥哥。艾斓的突然入住，自然增加了这个家庭的诸多不便，她自己开始惶恐，渴望逃离……

物质上的落差倒是其次，最让艾斓难以接受的是，男孩并不是一位特别积极上进的人，他多次报考公务员，但次次都没能通过；他非常情绪化，遇到事情就爱酗酒，任她如何劝说都无用；他不做家务，每天下班就在家里躺着玩手机、打游戏，口头禅就是：我们家都是女人做家务的，男人怎么会动手？

艾斓父母这边的态度是：他配不上你。你若打算和他在一起，以后的日子你自己过，我们不管。

面对现实与想象的巨大落差，艾斓望而却步了。面对男方父母的多次催婚，她迟迟犹豫不决，她梦想中的婚礼应该是浪漫的，她的爱人应该是温柔多情的，她想要的婚姻应该是富足完满的，可是眼前的这一切，只想让她逃离……

> 一个人的小美好

当你活出自我,就不需要别人的赞同

一个人要活出自我,必然会面对很多现实的压力。陡然想起大学时的闺蜜,如今远在上海的姜婕。毕业那年,男友本已经在武汉市给她找好了事业单位的工作,但是她想到自己未来几十年的人生也许就成既定模式,在火车站广场徘徊了三十分钟后,她果断地踏上了北去的列车。此后,她开始了独自艰难的北漂生涯。

从地下室住起,辗转报社、杂志社、广告公司,姜婕跟我说,她虽然过得很苦,但内心很满足、很快乐。那时候我觉得她满心欢喜的就是期待,期待着明天会有新的机会,会有新的惊喜。在2003年的北京,一切对她都是崭新的。那时候的北京房价不高,物价也不高,年轻漂亮、敢打敢拼的她完全可以游刃有余地驾驭她想要的自由,获得她想要的一切。

在这期间,她的男友不止一次地找到我,希望复合,让我帮助他。我也向姜婕转达了他的意思,但是她坚决不肯回头。在她心里,北京才是她的梦想,北京才能容纳她的全部。

几年的北漂生活具体经历了多少艰辛,不得而知。我只知道几年后,她到了上海,依然又是一段艰辛的打拼,在这期间,她被人无数次地介绍相亲,也曾经历过短暂的恋情,但都因为种种原因而告吹。在我们心里,她一定值得拥有更好的另一半,她也相信自己配得上更好的。

只是时光荏苒,她依然还是孤独一人,当我已然结婚生子,并成了两个孩子的母亲。再度联系她时,她告诉我,她已经静心修佛,不再挂念情感之事。

我不知道这世界到底让她经历了什么,只是觉得每个人的选择都会有各自的道理。看着如今一脸娴静的她,我想她的内心世界一定收获了宽广无垠的爱和善意,她在做公益,她在播撒人间大爱,她试图用自己的力量去感化人世间的许多假、丑、恶。

这便是每个人不一样的人生。也许我们不一定认同,但是我们一定得笑纳。笑纳别人走过的路,别人有过的人生经历,别人经历过的苦和甜,笑和泪。

当她拥有自己的内心世界,拥有自己值得期待和向往的后半生,就不一定需要赢得他人的认同。请记住:当你活出自己,你就不再需要别人的赞同。

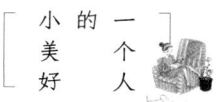

一个的小美好人

09

除了爱情与婚姻，我们还可以谈点别的

没有该结婚的年龄，只有想结婚的爱情

楚楚最近有点烦，因为总有各类亲戚朋友给她介绍相亲，电话一接便是开口就来的语重心长："姑娘，我跟你说啊，趁年轻、有资本，赶紧把自己嫁出去，以后人老珠黄了，可是后悔都来不及啦！"

楚楚心烦意乱，在朋友圈发布一条信息：谁说恋爱和婚姻就是人生的必须？本姑娘今日发愿：暂时不嫁了！此招果然管用，旁人一哄而散，再无人旧话重提。

三十岁的楚楚和她的名字一样，不仅外表楚楚动人，个人能力和收入也是令人动心不已。在一家外企担任企划部经理的她，衣着时髦，谈吐优雅、经济独立、思想独立，绝对称得上是顶呱呱的白领丽人。

在她心中，比起恋爱和婚姻，保持经济独立才是最重要的。大学毕业，她依靠自己的努力求职、升职。她用自己的付出与努力，以及智慧和心血堆积起来的自我提升，才拥有比别人更多物质上的回报与现实世界的优越感。

"只有经济独立的女人才可以支配起自己内心的欲望大厦，才可以让自己过上足够优越的物质生活，才可以随时随地地满足自己的任何能用金钱实现的愿望，不至于流离失所，不至于仰人鼻息……"

在楚楚心中，任何人都有选择单身的权利，尤其是现代女性。香港著名主持人梁文道曾经在节目里说："大龄剩女根本不是个问题。很多女孩因为害怕被贴上'大龄剩女'的标签而赶紧随便找个人嫁了，这是真正的下下策。除非婚姻对你是避风港、输血管、取款机、阶层升降机、基因改造器，否则婚姻对我一点吸引力都没有。"

经济独立、思想前卫的楚楚说，婚姻就像是漫长人生里最大的一场赌博，但结果却要在这漫长的一生中慢慢展现，所以在未遇到能和自己灵魂共振的那个人之前，一个人的自由远远幸福过两个人的烦恼。

事实证明，在楚楚给自己营造的一人世界中，她早早已经实现了一个人的幸福超越两个人的浪漫。一个人的世界，不需要顾虑太多两人共鸣的准点起床；深夜入眠，也不必担心会惊扰对方；随时出行，不必担心是否会影响到另一半的日程；自己的某些小恶作剧、小动作、小闹腾也不必过多顾虑是否会令对方不开心、不高兴、不接纳、不认同、不喜欢……

在她看来，无论是选择早一点结婚还是晚一点结婚，在交付

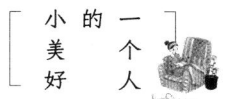

一个小的美好

真心的过程中每个人都是趋同的:希望有个爱自己的人,真心对自己的人,一起牵手漫步夕阳西下,一起共同面对人生诸多风雨。所以,真心很贵,晚婚也不是在逃避,而是在尽全力对自己的真心、人生负责。

"对于婚姻这件事,我们都想更慎重一点。这种慎重不是因为婚姻不重要,恰恰是因为婚姻太重要了。"她如是说道。

看过了太多的为家庭琐事烦恼哭泣的画面,婆媳关系、子女教育、夫妻关系以及交织在当今时代的诸多现实压力,楚楚内心对于婚姻的理解非常通透。她说人们总以为婚姻可以填满人生的空缺,然而有时候制造更多遗憾的,偏偏是婚姻本身。

万事顺遂只是美好的愿景,缺憾才是人生的常态。"晚婚"不过是再平常不过的两个字,是人生中需要淡化的一道程序;而真正需要强化的是女性该如何对待自己人生的态度。

"无论是恋爱、结婚还是生子,它们都只是你人生里的一道程序,从来都不是你人生的必须。在此之前,我愿意按照自己的节奏生活,选择我喜欢的方式过,在我自己一个人的小王国里面徜徉着、美好着,那是我自己的事情,与他人无关。"

为了结婚而结婚,才是最大的不负责

楚楚反感旁人的撮合,更加厌恶相亲这种光天化日之下的"闹剧"。她说,为了结婚而结婚,才是最大的不负责。

李宗盛在《晚婚》中唱道：我从来不想独身，却有预感晚婚/我在等，世上唯一契合灵魂。这句歌词契合了多少女孩内心对于婚姻和爱情的浪漫想象！

对于婚姻与爱情，那个灯火阑珊处的守候也许太晚，但是总会来到。"只有做到对自己负责，你的父母才会安心，比起勉强你去爱一个你根本不爱的人，他们其实更愿意陪你一起等，直到找到最适合你的那个人。"

不久前，我的好友秋秋与共同生活了十年的先生离婚了。一开始，对方不能理解她的"作"，先生始终不能理解为何女人会有那么多的"精神渴求"，婚姻关系不就是一起吃饭、一起睡觉吗？多次沟通无效后，秋秋只好提出离婚的法律诉讼，两度上诉后终于如愿以偿。谈及离婚原因，她说："婚姻需要理想，双方精神上的门当户对远比经济上的般配更为重要。一个人从穷变富并不太难，但是要从一个精神贫瘠的人成长为精神上的贵族，却难上加难。"

离婚后，她搬离了原来的住所，在众人诧异的眼光中开始了自己的单身生活。一个人的日子，她不再需要纠结对方回家的时间，也不用再为两个家族的各类繁杂事务忧心，更不必每天面对内心的失落与压抑，每天只做想做的任何事情，日子过得清静悠扬，别提多好了！

谈及未来的日子，秋秋非常笃定个人的选择："我从来不指望吸引别人，我得吸引我自己。我想首先得让我自己热爱自己，才能

完成以后一个个孤单而漫长的日子,我的这个心愿,就是对自己最好的馈赠。"

而我们也看到,面对爱情与婚姻,哪里会真的有人愿意孤独终老啊?在找到那个对的人之前,还是守着一个人的清静与潇洒过日子吧,著名女作家铁凝不也是五十岁才找到自己的真命天子吗?那是需要在茫茫人海拨开云雾才能寻见的惊喜!

三毛说:"我喜欢看见幸福来了,不管她们结不结婚。"所以,结婚一定是遇到了那个真正让你见到幸福的人,只有冷暖自知的日子,才是最重要的日子!因为除了爱情与婚姻,我们还可以谈点别的。

10

为自己骄傲地活

自食其力，享受自由

二十七岁那一年，孔菁把自己的生活彻底与过去告别。她搬离了与男友共住的家，正式宣告分手；辞去公职，决意不再为不必要的琐碎烦忧，全心全意做一个"我手写我心"的自由撰稿人，靠自己写出名堂，闯出一片天地。

当挥手告别过去的一切，亲眼看着过去所有苦楚与伤心在她眼前一闪而过，她在内心对自己说：宝贝，你一定要为自己骄傲地活，活出精彩、活出名堂！

那段日子，她迷恋上了歌手金海心的《右手戒指》：左手把烦恼抛光/右手佩戴着希望/是自己给自己的奖赏/爱一朵花就陪它绽放/爱一个人别怕会受伤/不要再为明天而恐慌/不要困在重重的伪装。在她心里，冲破所有现实的樊篱，挣脱所有捆绑自由的绳索，这首歌

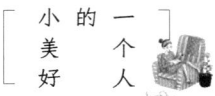

一个人的小美好

正是她内心最真实的写照,堪称内心的神曲!

在好友的帮助下,她很快租好了一套公寓,交通便利、环境优雅,适合她这样追求品位的女性居住。迅速规整之后,布置出了一个温馨舒适的家:布艺沙发、藤系茶座、梦幻窗帘、品质床品、各色花艺,一个人的小家瞬间被装点得趣味盎然。一个人的日子,过得无比惬意,不必担心上班路上堵车迟到,不必小心翼翼提防同事,不必费尽心思取悦他人,在一个人的世界里,孔菁唯独要做的,就是对自己负责。

从独身的第一天开始,孔菁就在心中定下了一个目标:两年内必须买房。为此,她比一般人拥有更强的自律,每天上午写作、下午阅读的习惯始终严格坚持,以保证每天创作的激情和随时能够迎接挑战

的心理准备。一个人的傍晚，她独坐窗前，望向窗外的万家灯火，她就在心里笃定自己的信念，一定要靠自己，让某扇窗成为自己回家的守候！这样，才不负父母、不负所有爱自己的人对自己的一份期待。

一个个日出日落，一个个灯火通明的夜晚，孔菁在与时间赛跑的状态中奋力奔跑，以赢得更大的自由度。夜深人静的时候，她依然在奋笔疾书，她还在挑灯夜战，她还在电话采访，她还在连夜做策划案……当然，大家也时常会看到这样的精彩呈现：上班族的工作时间，她可以出入美容院、健身会所、商场超市，她可以自由支配自己的时间，随时来一场想走就走的旅行。

首先自律，然后自由。聪慧的孔菁自然懂得在这个度上游刃有余地行走。她没有荒废自己的每分每秒，让工作起来的每一秒钟都发挥出最大的效能，所以她能以最放松的状态肆意潇洒休闲时光，继而将其变成自己写作的养料。很快地，她凭借自己出色的组织能力和交际能力，便与全国各地的报纸期刊编辑建立了良性的互动与往来。因为她文采出众，交稿快且质量高，各地慕名找她的编辑络绎不绝。最难得的是，她能不怕苦不怕累，经常以最快的速度解决编辑们的燃眉之急，大家都夸她是名副其实的"救火队员"。一时间，她声名鹊起，不仅交到了朋友，收获了很多资源，还轻松赚取了丰厚的稿费。

因为出色，所以值得。可观的经济收入支撑起她优渥的物质生活，一个人的日子，孔菁拥有高品质的生活，她可以随时自主支配

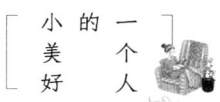

一个小的美好

自己的业余生活,买自己想要的礼物,品尝各地美食,也可以在同学朋友聚会的时候大笔一挥,轻松请客。

那么骄傲!在庸常的日子里面找到快乐

是女孩都有任性的时候,都有特别想随心所欲的时候。一个人的日子,孔菁甚至会突然地心血来潮,买上一盆植物,静静地观察它发芽、生长、开花、结果的整个过程。太多人会觉得这是浪费时间,而她觉得很有必要!

"我们大部分人,必须过的都是漫长而没有意义的日子,这是没有选择的。而有的人会成功,但成功之前和之后依然是枯燥而漫长的日子。我觉得一个人的成功除了事业上的成功以外,更持久和更深入人心的成功是在庸俗的日子里找到快乐。"

看她一身飘逸地出现在人前,看她一人进进出出,也会有人热心张罗,希望她能觅得如意君子,寻找到下半辈子的依靠,但都被她婉言谢绝了。作为文艺女青年,孔菁太清楚自己要的是什么,她坚持自己心中对于爱情和婚姻的憧憬,"爱了就爱了,爱了就是一定要有生生世世共度的心",不想再重蹈覆辙,为了所谓的"心软"轻易付出感情。

对于朋友们的好意,她总是搬出日本作家石黑一雄在《无可慰藉》中的一句话:"我认为人的一生中总会有某个时刻,需要坚守自己的决定,'这就是我,这就是我自己的选择的时刻'。"

节假日回家，面对父母亲人的好意规劝，她足够坚决："在所有合适的关系中，从来都不存在任何人为任何人作出牺牲。我也不会因为要满足大家的愿望而牺牲我自己的幸福。缘分的事情，该来自然会来。"

而实际上，面对扑面而来的生活，孔菁的心境特别淡然，不被上一秒牵挂，不为下一秒担忧，她说"这才是真正的活在当下"。当完成了一部大的作品或是按照既定目标完成一项工作计划之后，她就会特别渴望放松，然后在合适的时间与朋友们约好，提起箱子到各地旅行。那一次，她和闺蜜一同乘坐飞机到重庆、成都两地游玩了十天。在川蜀之地，她悠然自得地畅游宽窄巷子、锦里、武侯祠、杜甫草堂，突然就很想让时间停下来，静静地等待晨昏的更替，特别地想忘却世事，再也不要醒来……

她特别欣赏香港作家亦舒，并且为她的一段话所沉迷：读那么多书干什么呢？就是要在紧要关头，可以凭意志维持一点自尊，人家不爱我们，我们站起来就走，不作无谓的纠缠。

这些也是她面对爱情和婚姻的态度。即使没有身边人的痴情守候，她把一个人的日子照样过得快乐，也过得美丽。亦如余秀华在《无端欢喜》里所说，既然每个人都必须和死亡结婚，我一定要把我的忠贞、我的热情、我的好奇心、我的爱浪费在这个世界上，把一副空壳留给死亡。孔菁愿意像她所热爱的那些女作家们一样，把最炙热的爱、最真挚的情抛洒在自己活过的这条路上！那么骄傲，那么快乐！

2 Chapter

什么是丰富？
做精神世界富足的女子

外在的富丽堂皇，终究抵不住现实世界的砥砺风霜。只要精神富足，一个人也可以活得很好。因为，精神上的富有要比物质上的富有恒久得多。做一个精神世界富足的女子，可以悄然抵御外界的任何侵蚀。在自己的自在王国里，我舞我歌。我的世界我做主，我的欢乐我主宰。

11

建立自己的美好王国

佛在心里，人要有一颗善良的心

"再重的担子，笑着也是挑，哭着也是挑。再不顺的生活，微笑着支撑，也就过去了。"时隔三年，婉琳还是一个人，她的心境一如往昔地安然豁达。

三年前的那个秋日，我走进了她的办公室。眼前的鲜花、盆景以及各类装饰物品的优雅摆设顿时让我们感受到眼前这位女企业家的温婉气质。而她温柔的性格、善良的心性也在我们一行人走入并落座的数分钟内便彰显无余。

气质谦和、温婉细腻的婉琳如春日的一缕和煦的阳光，那么轻轻柔柔地照耀他人的心田。初见她，我便牢牢记住了她；走近她，我默默爱上了她。行走在康庄无悔的人生大道上，她挥洒智慧，彰显责任与担当；她播撒爱心，传递温情。

> 一个小的美好的人

谈到爱心和善举，婉琳回忆起初次走入武汉市江汉区残联的情景。当她亲眼目睹残联工作者为了残疾人事业付出的那份爱心、耐心和细致时，她顿时也有感触：我是否也可以为残疾人做点什么呢？很快，一个愿景在她内心形成。她随即在公司征集志愿者团队的名字，很快，"萤火虫"如内心燃烧的火苗迅速进入她的眼球——我们要做快乐的萤火虫，点亮自己，也照亮他人！她说："几年来，我们的团队真的就像萤火虫，默默地在黑暗中发出微弱的光和热！"

在婉琳的主导下，萤火虫志愿者服务不断走向社会，向残疾人士伸出关爱与扶助的手，由此也得到了来自江汉区残联等各方面的大力赞许。2015年被武汉社区志愿者协会评为"武汉市最佳志愿者团队"。

2015年6月中旬，婉琳接到了扶助行动组的电话，邀请她参加西藏乃东县"爱上高原·集善帮扶"活动。彼时的婉琳因脚伤在家休养，仅仅5分钟后，她便按捺不住内心的激动，主动请缨亲临现场。"能够帮助到那里的人们是一件多么快乐的事情，我一定要去！"很快，她连夜订好机票赶到乃东县，在酷暑、高原反应及脚伤的多重困难下，顶着剧烈的头疼连续走访了多名残疾、困难群众。见到那些朴实的民众，她内心热流涌动，她一次次握住他们的手，不仅为他们送上了慰问金，还为残疾群众捐赠了20台轮椅。

谈及这一次的经历，婉琳坦言"永远也不会忘记"。她眼前浮现的是在当地福利院看望残疾老人时,老人们坐上轮椅后不愿意下来的情景,一位藏族老人,还高兴地唱起了音调悠长的藏戏。

走在乃东县城的湖北大道上,婉琳的内心久久不能平静。看到在来自祖国四面八方的帮助之下,曾经贫困的地区已经发生了翻天覆地的变化,她更是感受到一份沉甸甸的责任感。她眼前不断浮现那一张张默默流泪的脸,那一次次真诚互动的情景,这些都成为她记忆长河中永生难忘的画面。事后有人问她:"握住那些皮肤黝黑且满脸皱纹的藏族残疾老人的手时,你不觉得脏吗?"她愣住了。因为在那一瞬间,她所有的言行,都是发自内心的。

在婉琳的精心组织和积极筹划之下,她的公司在湖南新化县坐石乡新光完小学设立"亚太助学金";2008年汶川地震后,公司积极参与汉源地区的灾后重建,婉琳先后数次往返灾区,所承建项目获得了四川"天府杯"荣誉,得到灾区人民和各级政府的高度认可。

"佛在心里,人要有一颗善良的心。"婉琳说:"因为公益事业,我一个人的日子并不孤单寂寞,在扶危济困的道路上,我感觉到特别充实快乐。"

坚强面对,徜徉在一个人的美好王国

"有过力不从心的时候吗?"她说从没有过力不从心,因为从一开始就是在不断地遇到问题和解决问题,而后面对任何事情时就

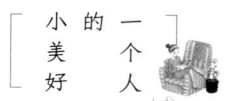
一个的小美好人

已经很有底气了。"每家公司都会遇到困难,要有百分百去解决的心态。只有具备坚强的心态,我才能带领好团队成员更好地攻艰克难,赢得胜利。"

作为女性管理者,婉琳尤其不缺乏柔情。在特别疲惫的时候,她会选择看书、看电影或者是找朋友聊天,性情平和的她尤其欣赏这样一副对联:宠辱不惊,闲看庭前花开花落;去留无意,漫随天外云卷云舒。而这样的平常心,也促使她在面对任何困难的时候,都能从容应对,并一如既往地保持初心。

在自己的精神王国里,婉琳有一套自己的处世哲学。她性格内敛但是爱笑,她表面柔弱其实内心刚强,看她举止优雅其实掌管着三家公司的数百人。谈及生活,她露出一脸灿烂的笑容:"我认为我很幸福。"

幸福生活中的元素不乏亲情、友情。每周,她会安排时间陪母亲散步、购物、聊天,每周四晚上风雨无阻地组织家庭聚会,每月十日组织大家族兄弟姐妹的大聚会;无论多忙,她都会定期和闺蜜们组织聚会和自驾旅行,去一间情调雅致的咖啡厅、一艘独具特色的豪华游轮、一个环境清幽的郊外农庄,做一次全身按摩SPA、一次温泉桑拿,等等……婉琳在繁华的闹市区,有自己内心的一方小安宁,在繁忙的工作之余,亦建立起内心世界独立的小王国。这个王国的主人,不是别人,正是公主一般的她。

生活中的婉琳有自己的爱好,娴静如她,会在闲暇时进行大量的阅读。她最爱的一本书是朗达·拜恩的《秘密》。她认为这是一本百读不厌的书,可以从中受到很多启发,也能感受到很多力量。"书中主要讲述的是'吸引力法则',你要把事情往好的方面去想,那么一定就会好。"

一个小的美好人

12

诚实面对自己的感受

一个人的江湖，不羁放纵

两年前，仲冰留美归国后，一直一个人住。作为高知女性，她的生活不缺少物质支撑，但少了些许情调，她尝试走一个人的路，享受一个人的时光，孤独到深处，孤独便也渐渐成了铠甲。没人知道她心底的故事，也没人能真正走入她的内心世界。

慢慢地，她开始将一个人的夜晚寄托给夜色，迷上灯红酒绿的生活，在迪厅、酒吧疯狂地放纵自己。有朋友说她：你是个被寂寞包围的女人，所以，你一直沉浸在回忆中，于是：你的路，是你一个人的路，你的江湖是你一个人的江湖，无论你把自己凝固在哪一个位置上，都不再是你自己。

仲冰很想反驳，我独居独行，并不代表只有我一个人，我带着我心里的故事，我带着我的梦想在路上。

下了班，仲冰没有直接往家赶，而是不停地行走在城市的街头。今夜，她漫无目的地走着，不知道自己又会去哪里。听着手机里面传出Beyond的一首老歌《海阔天空》：原谅我这一生不羁放纵爱自由/也会怕有一天会跌倒/背弃了理想谁人都可以/哪会怕有一天只你共我。突然间仲冰就沦陷了，她的小宇宙突然就想要爆炸：三十岁了，请允许我在一个人的江湖里不羁放纵吧！

正踟蹰间，竟然不由地拐进了一条小巷，仲冰内心知道，自己想去的，是那家田园梦幻般的餐厅。

餐厅的老板是位台湾女人，长相柔美，细腻多情，打扮得体优雅，做得一手可口精致的饭菜，将餐厅也布置得如她本人一般淡雅舒适。优雅的环境，轻柔的音乐，温和的灯光，在这样的环境中享用晚餐，难怪仲冰多少次欲罢不能。

关于未来的一切，她并不抗拒。但在脑海中，她已经不自觉地开始回忆，回忆起曾经的江湖与曾经的往事，还有关于那个人的一切。

老板娘说，没有哪一个男人是专情地只对待一个女子，爱的时候且爱，不爱的时候，就离开。没有太明白老板娘的意思，却也似乎悟出了一点，没有谁会对谁好一辈子，只有自己善待自己才是最重要的。

突然发现，人与人之间是如此冷漠，纵然曾经是牵手与共，生死相随的誓言，也抵不过现实中小小的一点风吹草动。

一个人的江湖，一个人的路途，只有自己，才是一个真正的江湖。想到这里，仲冰突然就特别地想要一个自己的孩子了。在美国，做试管婴儿对身份没有限制，不管是未婚人士、单身人士、同性恋人士、染色体异常人士、HIV群体等都可以做。美国人思想开放，他们更愿意按照自己的心意去选择自己想要的生活，也更加珍视和宝宝一起成长的过程。"可以不必结婚，不必费尽心机去找一个如意郎君，亦不必为现实家庭生活所束缚，我只不过是想要一个自己的孩子！"

为此，仲冰特别去咨询了医院的朋友。对方告诉她，国家卫生部新修订的《人类辅助生殖技术规范》明确要求，医疗机构在实施试管婴儿技术中，禁止给不符合国家人口和计划生育法规和条例规定的夫妇和单身妇女实施人类辅助生殖技术。

"单身妇女！"当脑子里面突然迸出这个词眼的时候，仲冰差点晕了过去。只能作罢，不如就这样一个人无羁放纵吧，也许一切随缘，待到不日回到美国或是在国内遇到真心相爱的他，一切便也迎刃而解了。

活在当下的滋味

"不为上一秒担忧，不为下一秒忧虑，这才是活在当下。"当走出同济医院大门，回想起好友躺在肿瘤科病床上的场景，仲冰誓要活出自己想要的色彩，她不想活得太过纠结。

身为一家新创立的软件公司的行政总监，仲冰足够清楚自己入职的意愿是什么。老板是自己的发小，创立公司的用意她自然心领神会，冲她在国外攻读MBA的学识涵养和在外企供职多年的经验，即便是白纸一张，对方也笃定她能用自己的知识体系和人际资源助推这家公司尽快安全着陆，并迅速融资，成为能在国内新三板顺利上市的骨干企业。为此，在执行力、在方案决策上，她的雷厉风行、她的冷静果敢，一直为老板与同事们津津乐道。

这样的女人，走到哪里都是一道风景线。但优秀，从来不与婚姻画等号。

工作稳定下来，仲冰果断在公司附近租了一套房子，因为时间匆忙，装修各项未能完全实现心中所要。两年后，她马上买下一套Loft公寓，并很快便酝酿着要装修而后搬家。这一次，她专门聘请了室内设计师为她个人的空间量身打造，同时还特邀是装饰设计师的闺蜜为她设计全套软装。数月后，她想要的设计风格豁然呈现，简约艺术风格与她特立独行、大方自然的个人气质如此登对！当然，她绝对有足够的经济实力让自己过上想要的生活，让自己独居的世界更具艺术气息。

她拥有自己的个人世界，打游戏、逛街、跳舞、唱歌、喝酒，她有自己的艺术家圈子，在798艺术工厂有固定的交际场所，摄影师、画家、舞蹈家、音乐家、作家等艺术圈名流均与她有过交集。她独居的世界也随时可以开一场周末聚会。看她每日匆忙奔波的身影，霎时会有淋漓痛快地活在当下之感。

> 一个人的小美好

她不孤单，不寂寞，每天的时间都排得满满的。她说自己的日子就是要痛快着过，活出当下的滋味，活出想要的光亮。如果自己不点亮，还会有谁来点亮自己呢？舒展身心，把每个毛孔都舒展开来，你也便会带着满足的笑容入睡，期待下一个清晨的到来，鸟儿为你欢畅，马儿为你奔跑，那个传说中的大草原，正在你的梦境中徐徐开启……

13

天真的心是生活必需品

天真地付出，成熟地接受

面对爱情，很多人都有过纯粹付出，到头来却是一场空的结局。但这并不影响青竹的认知。在她看来，天真地付出、成熟地接受，才是淑女的基本范儿。

只有曾天真给过的心/才了解等待中的甜蜜/也只有被辜负而长夜流过泪的心/才能明白这也是种运气。第一次听到本多RURU的这首娴静淡雅的《美丽心情》，她竟然默默流泪了。

爱情是什么？也许一万个人心中会有一万个哈姆雷特。即便爱过却没能走到最后，青竹依然愿意相信，爱情是世界上最美好的彼此欣赏，是人世间最为曼妙的一份情感。无论如何，她依然憧憬爱情，并相信爱情能带给人一生一世的慰藉和温暖。见过太多人情冷暖，她也在内心拷问自己的内心，到底什么才是人这一辈子最值得守护的感情？

一个小的美好

那日,青竹独自在家看电视访谈节目,突然就侧目了。受访人是"国美"品牌女掌门杜鹃,她说自己2017年3月在纽约买了一幢价值4千万美元的豪宅,等待丈夫黄光裕出狱归来。在此之前,黄光裕被获准三次减刑,减刑后,其应执行刑期至2021年2月26日。

提前四年买下豪宅,志在给丈夫一个温暖豪华的家!这是妻子杜鹃对黄光裕的承诺,在青竹眼中,这也是世上所有好女人给男人们的一个有情有义的承诺。

黄光裕盛名在外,他是20世纪90年代颇有名气的创业家:从小以捡破烂为生,初中辍学,16岁时随兄黄俊钦北上内蒙古谋生计,再从内蒙古到北京闯荡,赤手空拳靠4000元,外借3万元,建立了"国美",接着从店面到公司到集团,发展速度惊人。2008年,他因卷入一场商业风波被警方以操纵股价罪带走调查,两年后,再被判有期徒刑14年(后三次减刑),并处罚金6亿元,没收个人财产2亿元。

一转眼,黄光裕一手血拼打下的江湖,眼看就要拱手让人。这个时候,谁也没想到,柔弱女子杜鹃不仅没嫌弃丈夫,反而去狱中看望丈夫,对他说道:"没事,老公,你出狱时,我给你一个更好的国美。"

随后,她剪掉多年长发,全副武装代丈夫出山,一拼就是十年。这十年来,她凡事亲力亲为,将国美从亏损8亿元做到如今几百亿元的市值。专业人士对她的评价是:"管理天分丝毫不比黄光裕差,精通财务资本业务运作,还更亲民。"以致于黄光裕在狱中,竟也登上了胡润中国富豪榜第38名，按照网络流行语来说："有这样的老婆，他是上辈子救助了整个银河系吧。"

有很多人会以为，商场如战场，杜鹃这样也太过天真了。可是只有她自己知道，"天真"于自己和家庭的意义是什么。成熟地接受现实给自己的考验，才能赢得永恒的敬意。青竹如此解读杜鹃的女人心："孩子只有一个父亲，我也只有一个老公。我们一手拼下来的江山，怎可轻易断送？成就他的梦想，其实也是成就了我的梦想。"

青竹多么动心地看到，夫妻间的恩爱，不是在花前月下时的幸福，而是大难临头时的守护。

孩子气地面对这个世界

说起女人的"孩子气"，青竹脑海里面第一闪现的就是小甜甜"龚如心"扎着两个羊角小辫的模样。

作为亚洲女首富的她，多年来一直喜欢青春的装束，她觉得自己很年轻。面对非议，她觉得自己并不独特。"请人到家里来做头发，既麻烦又浪费时间；而每天自己洗头、梳头是目前国际流行的自我保健方式，何乐而不为？"遇到盛大的日子，龚如心还在脑后加编一根小辫，并在头顶上别一枚鲜红的小发卡。

四十七岁接替丈夫王德辉掌管华懋集团，龚如心也曾背负如山的压力。但靠着自己的毅力和决心，龚如心的奋斗得到了业内人士的承认，华懋集团比之前更具有影响力，发展势头也越来越大，她

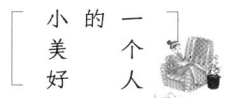

一个小的美好人

本人也被香港人誉为"神奇女侠"。

作为一位出色的女总裁,她具有富豪中为数不多的率性而为性格。她每次出现在大家面前,总是"甜甜的笑脸",所以被称为"小甜甜"。她不像一般的富豪,出入有名车,吃的是豪华海鲜,住的是别墅大宅,穿的是世界名牌,相反,她一切只是随兴而为,她透露,自己每月的个人支出不足3000港元。她平时不上街也不买东西,有好多朋友亲手做衣服和皮包给她,头发自己剪,护肤品也只用非常简单和普通的产品,甚至都不会到美容院去护理。她经常工作到凌晨两三点钟才睡觉,早上九点前又到了公司,她说自己"根本就没有空闲时间可以花钱!"

探究女富豪的私人生活,自然是很多人乐此不疲的事。可真正走入龚如心的世界,人们发现她过着单调的生活:工作、坐车、吃饭、睡觉,日复一日。她只是在周日放假时稍稍起晚一点,但是下午会重新开始工作。至于消遣,她觉得工作本身已是"最好的消遣"。偶有余暇,她喜欢跳舞、看话剧、看艺术展览。除话剧外,中国传统的折子戏也是她钟爱的。她喜欢读鲁迅的小说,认为它们简洁而深刻。

就是这样一个女人,她的财富位列"全球女性财富排行榜第50位"。于是,她孩子气地面对世界的样子,显得特别可爱。

天真的心是生活必需品。无论世界给你什么,你依然能报之以微笑;无论生活赐予你什么,你依然可以不卑不亢,不疾不徐地在自己的节奏里漫步。

14

温柔地坚持，脆弱地表达

不为日子皱眉头，只为爱你而低头

那日去参加高中同学聚会，见到二十年没见的雷慧。聊天后得知，她从德国留学博士毕业归来，如今依然单身。

多年过去，她当年青涩的气质已然脱胎换骨，但是她骨子里面的单纯和天真依然还在。她的形象和气质像极了电视剧《欢乐颂》中的安迪。而现实中非常巧合的是，安迪有一个智障的弟弟，雷慧有身患残疾的父母。多年来，她凭借自己聪颖的天资和个人的努力，在现实世界里赢得一片天地。在她看来，只有这份成绩才是她个人最骄傲的资本。因为曾经在现实世界里面吃过太多苦头、面对过太多冰冷，所以她对婚姻的态度一直很理性，她的态度首先是"不为日子皱眉头"，其次才能"为爱你而低头"。

在一家科研院所供职的她，收入颇为丰厚。早已经实现财务自

> 一个人的小美好

由的她，可以把自己一个人的世界装点得五彩缤纷，一个人吃饭、一个人锻炼、一个人旅游、一个人逛街，她从不会感觉孤单。在自我的世界里，她能很好地正视单身，每天早上睁开眼，她第一件事就会骄傲地对自己说："单身的历史又翻开崭新的一天，这是一笔多么惊天地泣鬼神的精神财富啊！"

从小体弱多病，受尽苦楚，所以雷慧现在每天坚持去健身房，做两小时的有氧运动。从事科研工作的她，比一般人考虑问题更加追求逻辑性：在身体疲乏的时候，看书是看不进去的，如果想看书是脑袋中一个特别执着的念头，那么身体则是思维存在的根本。换句话说，如果我遇到某一个人，大脑很兴奋而身体却感觉不舒服，那么，就算我们最后能够勉强在一起，最终的结局基本上也是不太好的——因为身体比脑袋更有智慧。

我不得不赞叹她的智慧，因为她的名字本身自带光芒！身边亦不缺少追求者，但是雷慧从不愿意因为年龄而放低标准。在她心里，婚姻是天长地久的事情，一定得慎之又慎，看过更多的风景之后，她觉得女人一定不能放弃潮流，要建立自己的品位，把自己酝酿得像一坛美酒，越来越有味道。她最欣赏的女人是著名演员许晴，她觉得女人一定要懂得自己的美，相信自己的美，也精心地维护自己的美。"我不允许自己损伤了自己的美，更不允许随便找一个凑合的男人来破坏自己的美。"也正是在这样的心态下，雷慧始终坚持自己的选择，认为自己选择的就是最好的，自己的生活就是最美满的，心情舒畅自然人光亮。

与此同时，她从不因为羡慕别人而着急进入婚姻。"是女人都渴望浪漫的婚礼，看到可爱的宝宝降生也会心生柔软。但是我很明确地知道，每一段婚姻都逃不过柴米油盐的现实，我也会体会到抚养教育的艰辛。"所以，她一直明确自己的未来，不羡慕他人，只想做更好的自己。

高知女性雷慧性情特别温柔，她温柔地对自己，也温柔地面对这个世界。每次见到她，我都想对她说，愿你被这个世界温柔以待。

有智慧，脆弱地表达

关于女人的幸福，很多人以为那是运气使然，实则偶然中的必然，带着自主的成分。

对于自己的愿望、自己的梦想，很多女人总是羞于启齿，似乎觉得那是一件很丢脸面的事情。实际上，适当地表达自己的需要，是人心灵深处的渴望，是再合理不过的要求。

电视剧《女人帮》中蒋雯丽饰演的朱莉，就是能够表达脆弱自我的典型代表。她来自河南农村，大学毕业后靠自己的努力在大城市打拼，一直单身。好在身边有几位死党闺蜜，才让她的生活充满几许亮色。也许起初与她交往的人未必看得上她，爱慕虚荣、打扮妖艳、说话刻薄，等等。但真实的她，其实随意并不随便、妖艳并

不轻浮,她懂得女人一定得自立方能自强、自爱方有自尊。于是,在面对爱人方格的父亲方建华的逼退与羞辱之后,她坦然说出自己的梦想、表达自己脆弱时候的那一份真实,让人无比动容与动心。

"我希望可以把我父母接到城市里来,给他们买栋大房子,让他们安度晚年。"她的要求单纯而真实,丝毫没有虚伪和做作,于是也赢得了观众对她的爱以及方建华对她由衷的赞叹,最终为她赢得了最真实的爱慕。

女人的烦恼绝大多数由虚荣心引起。朱莉也有,她也爱名牌包包、金银首饰,但是她从不贪婪,不轻易被物质的诱惑所左右,就算遇到了帅哥美男,她也不会轻易失去做人的基本准则。所以无论方格如何追求示爱,她一直保持适度的距离。

同时,女人的可爱还来自豁达大度。当面对客户对自己的包养要求,朱莉不卑不亢地表达了自己的拒绝,但是她也绝对没有伤人。再度拜访客户,面对对方妻子的谩骂和指责,她用自己的一番说辞解开了许多有钱人太太内心的"心结",赢得对方的理解与尊重。我想这才是最智慧的女人,有进有退、能屈能伸,方显大度。

我始终认为,女人是否值得被爱,才是一个女人赢得幸福的关键。朱莉的豁达大度,还体现在她敢于大胆承认自己的不完美,根本不在意别人怎么看自己,只要自己能够单纯地存在,单纯地释放自己的情绪。

很多一个人生活的女性都是对自己和生活有要求的。也许,她们表达的方式不一样,但是这并不代表她们就能准确地表达自我。在面对这个世界种种诱惑的时候,一个女人能够保持足够的定力,始终坚持自我的追求和想要,按照自己的心意去活、去追求,我相信灵魂的光亮一定会照耀到她的身上。

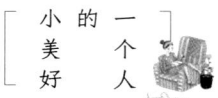

15

每一位女性,都是关系里的小太阳

出色经营朋友圈

前些天,有朋友感叹"现在都流行经营朋友圈"。这话我深有感触,随着当下信息化技术的愈加成熟,大多数人耗在网络上的时间越来越多,特别是朋友圈,几乎都是一天刷上几十次,现实生活中的社交圈无形中变小了。朋友圈已经成为展示自我价值观的社交平台,很多人想要去了解一个人,都是跑去观察朋友圈。现在结识一位新朋友,第一时间预留的不是手机号,而是互扫微信。

女友艾玛是位聪慧的女性,经济独立的她拥有足够的自由,比如一个人居住,一个人诗意地生活。在证券公司从事操盘手的她,自然需要有广阔的人脉和客户资源,当然,这些优质的"吸引"来自于她独具匠心地经营自己的朋友圈。在发布信息时,她把所有内容巧妙地分为三大类:第一类是与证券行业相关的动向,发布时事政治经济走势分析文章、分享她所理解的风向标信息，等等；第二类是个人认同的情感类感悟文章，激发朋友圈共鸣；第三类是个人衣食住行的各类实时动态与分享等。透过这三个维度，加上她出众的文采和有质地的编辑处理，她的朋友圈关注热度持续增高，很多朋友慕名而来，为她集聚了相当可观的人气。

心理学上说，人类作为一种有"生气"的生物，其存在是必然遵循"吸引力"法则，优秀的事物总愿意围绕着同样优秀的人群。没错，艾玛就应验了这一法则，在出色的经营之下，她的事业越发如鱼得水，蒸蒸日上。

有人说，朋友圈其实也是一种价值交换，所以在朋友圈展示自身的价值，也是吸引对方的一种方式。

艾玛的很多朋友，就是被她朋友圈展示的价值所吸引。一年前，她去参加好友的婚礼，同桌的一位男士和她聊了几句，彼此互加了微信。而后，她一忙，竟忘了这件事。

有一天，这位男士突然发消息过来和她打招呼。一聊，竟然根本就停不下来。艾玛发现自己和这位男士挺投缘的，两人都爱好旅游、摄影，从国内景点到国外风情，经常聊到很晚。

不久后的一个周末，男生邀请她一起参加了一个骑行队。艾玛在游玩的过程中，发现和这位男士在价值观上出奇地一致。回到家，她突然想起，此事距离两人互加微信其实已经过去了一个多月。

一个小的美好

她问他:"为什么你加了我这么久,都没有和我说话?"

男生笑笑:"其实那段时间我都有查看你的朋友圈,但当时自己也比较忙,所以就打算先从你的朋友圈动态了解一下你的生活,知己知彼,才能百战百胜。"

艾玛是一个很开朗的女生,她很喜欢旅游。她说只有人在旅途,才能真正感受到生命的意义。翻开她的朋友圈,满眼都是雾气萦绕的山顶,洒满金光的海上日落,人来人往的街头卖唱,古巷诱人的美食,行李包上的一本书,还有镜头下笑靥如花的她……

男生说,看到这些精彩而丰富的时刻,脑子里可以想象到朋友圈外的那个女生,是多么地积极乐观、充满活力,相信她在生活上,传递出来的也会是满满的正能量。在认定她是一位有品位、有见地的女性后,作为某集团公司总裁的他,一口气为她推荐了许多经济实力雄厚的朋友,而这些人,正好成为艾玛需要苦苦寻觅的客户资源,促成了她事业上的进一步繁华。

谁能说,在这个人际关系的圈子里面,艾玛本人不是真正的发动机吗?

做各类人际关系里面的小太阳

放下手机,其实现实生活中的艾玛更是如小太阳一般的温暖怡人。

她性格热情爽朗,走到哪里都带着一脸阳光明媚的笑容。对于身边好友来说，她是大家最坚强的依靠和最坚实的后盾，工作上的难题、家庭上的困难、感情上的困惑、育儿上的烦恼，在她这里，仿佛都能刹那间迎刃而解，被誉为"百事通"的她似乎样样都能提得起、放得下。更难能可贵的是，拥有好人缘的她几乎从不拒绝他人的求助，只要遇到，能帮则帮。

一个人的空间里，她的住所也自然成了闺蜜们时不时的"栖息之地"，偶尔为之的收留也让她的闺房不断改变风格。从出现时的满脸愁容到离开时的春风满面，艾玛仿佛有灵丹妙药地让她们个个放下心结，重新找回快乐与自信。在她看来，友情饮水饱，只要能够帮助到他人，她是不会介意被短暂地打扰。

不记得多少个深夜，她的电话还在不断响起，女友为家庭琐事烦恼、与爱人之间情感挣扎，让她的手机一度成了热线。但她从未觉得厌烦，相反总是尽己所能地给予疏导和化解。面对工作上的交情，她也乐得为同事甚至客户的需求忙进忙出，因此赢得了许多理解与支持。

作为家中长女，她对家族中各类关系的照应更是如鱼得水。兄弟姐妹的各类事务都会找到她，有时面对生活中的一些琐事，长辈们也会找到她来求助。求学报考、需医问药、旅游接待、买房购车，这些诸如此类的事务都是她跑前跑后，忙得不亦乐乎，热情张罗。这些年来，她跑过多少家医院、学校、机场火车站已然记不清了，到处都是她活跃的身影。"亲情可贵，代为跑路，实属荣

一个小的美好

幸。"说这番话时,望见她嘴角咧开的笑容,顿觉无比动人。

　　一个人活在世上,永远不计较付出会比得到多,其实往往得到会更多。所以亲情友情方面,艾玛收获更多的关爱与尊重。在大家心里,她的存在就如一轮小太阳,随时随地都在发光发热,她能带给大家温暖的力量和能量,也能消散大家心头的乌云。这样的女人,把自己和所处的世界装点得无比美好。谁人不心动呢?

16

做一株向日葵

温暖快乐，张弛有度

关于向日葵，历史上有太多动人的典故。司马光的《客中初夏》诗有云："更无柳絮因风起，惟有葵花向日倾。"咏花明志，"葵花向日倾"讲的是人品。杜甫也有"葵藿倾太阳，物性固莫夺"的诗句。宋人蔡氏《葵花》诗云："最怜一点丹忱在，不为斜阳影便移。"

提到向日葵，脑海中闪现的是明黄色的花瓣，圆盘式的造型，永远向阳开、迎风摇曳的风姿。这让我马上就想到了我的好友凯伦。

第一次见到她，是在小区散步时，简单的寒暄后，我就被她的温暖明媚所深深吸引。她有着灿烂可人的笑容，长相甜美、打扮得体、举止从容，举手投足间散发出成熟女人特有的优雅韵味。作为

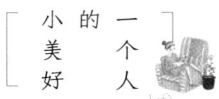

一个小的美好人

一名资深房产销售,她的朋友圈都是高素质、高收入群体。曾被富二代追求,并定下了豪华酒席准备结婚,可她发现两人价值观实在相去甚远,于是做了"逃跑新娘",独自居住在我家楼上。

我始终相信,世界上任何东西都有能量,能量有高低之分,善良的人和作品都有高能量,多与他们接触,多融入自然和美,能量高了自己就能变得更好。日后每次见到她,我都能拥有不一样的收获,比如她的新发型、她回老家带来的土特产、她新买的衣服包包、她分享给我的人生故事、她在电梯里送给我的点心、她从苏州出差带回的珍珠粉和丝巾……

工作之余,她开始做微商。依托着强大的朋友圈资源,她很快就做得风生水起。对于自己想要去做的事情,她始终保持狂热的热情。工作的八小时之外,她有自己的兴趣和爱好,可以在兴起时去酒吧晃晃,也可以在家约上朋友们小聚,还时不时拿起画笔重温儿时的梦想,甚至还会别出心裁地自拍DV假装"梦工厂"。

她也渴望爱情,憧憬过上安稳踏实的婚姻生活。但在对的人出现之前,她更坚定的是自己的追求与热爱,追求有品质的生活。

她善于发现微小幸福。在她的世界里,敏感和细腻不代表多愁善感,对微小快乐的敏感正是幸福的来源之一。"并不是每个人的生活都能过得比戏剧更精彩,蕴藏在平淡里的小幸福才更值得珍惜。"她如是说。

她懂得知足常乐。每每路过小区附近的花店,她都会给自己挑上一束鲜花，康乃馨、香槟玫瑰、粉色百合都是她的心头之爱，随手插在花瓶摆在茶几或者卧室，她就会觉得特别满足与幸福。与一般的女孩子相比，她能看到自己的缺点和长处，选择的是自己喜欢的职业，每天都忙碌充实，能够很好地规避那些压抑、烦闷、焦虑、生闷气等负面情绪。她总是说："生活就是一面镜子，你对它笑，它也会对你笑。既然哭泣无法改变一切，那我们为什么不对它笑呢？"

工作之余，她有时间就会回到几百里之外的老家，去看望自己年迈的父母。她懂得感恩，感恩生活中的所有得到与失去，她常说："一杯咖啡、一个朋友，都是上天赐予的礼物，我理应好好把握与珍惜。"

丰富内涵，张弛有度

凯伦爱看书，别看她每天忙忙碌碌，走进她的家，到处都是书柜和书本，古今中外、天文地理、科学人文她都爱。谈到最钟爱的作家，她脱口而出："中国台湾的作家龙应台。"

近日，龙应台的《天长地久》一经上市，马上被她收入囊中，每天爱不释手地阅读。"爱是天长地久的陪伴。我才发现，自己亏欠父母太多太多。"言辞间流露出难以掩饰的伤感。

面对纷繁现实，独自生活的凯伦当然也有很多不得已。但是她生性乐观，她的快乐也是单纯而自然："十多岁我便出来打拼，看

一个人的小美好

过太多人情冷暖,也见识过太多温暖有爱。对于人生苦楚,我早有忍耐力和承受力。我就是一颗煮不烂的铜豌豆。"说到这里,她咧开嘴,像孩子一般地笑了。

虽然工作忙碌,但凯伦绝不让这些忙碌和枯燥占据自己全部的人生,她的业余生活丰富多彩。酣畅淋漓的忙碌之后,她会及时地犒赏自己,比如出去看场电影、吃顿美味、约上朋友出去健走、去山顶看星星、做个身体SPA等。她喜欢张弛有度的生活,享受自主掌控的节奏,更乐得在这种对生活的掌控中体验痛快淋漓的感觉。那一瞬间,仿佛欢乐穿透纸背,用自己的力量彰显自由的意义,自在生活真好!

凯伦有着对生活充满热情的阳光天性,她像一株向日葵,始终追寻着阳光的方向,对生活始终保持高度热情,兴致高昂,勇于改变,对新鲜事物有足够的好奇。节假日,她会在家乐于洗手做羹汤、包饺子、做馄饨、包包子,谁能想到作为南方女子的她还会做得一手地道面食?

面对寻常的日子,她始终宠辱不惊,用平常心面对每一天。每天嘴角不自觉地上扬十五度,是她不用每天刻意对着镜子练习而自然流露出的表情。快乐的情绪自然会感染到身边的每一个人,朋友们都爱围着她转,听她一声号令并迅速聚集,等她一声呼唤即刻抵达,谁人不愿意和向日葵般美好的凯伦在一起?哪怕是静静地待着!

过了三十岁，凯伦不再沉迷迷蒙往事，她更愿意用进取的心态迎接每一天。她相信，最美的风景一定在前方，只要自己一直保持最好的状态，就不会错过最值得期待的美好！

多年后，当我蓦然回首，经历过太多的人和事，突然发现，性格开朗和乐观的凯伦，已然完美诠释了"相由心生"的道理。做一株快乐的向日葵吧，向着阳光，向着希望，向着心中的太阳，一定能够拥抱最美的人生！

一个人的美好

17

爆发你的小宇宙

完善自我，比寻求爱情更实惠

一个人的世界，有太多肆意挥洒的空间，有着许多旁人意想不到的小确幸。也许有人会说：单身实在太孤独了。单身的女孩就会反问：难道两个人就一定不孤独了吗？孤独的感觉是精神上的，心灵的孤独则无处可逃。然而，对于一个热爱生活、感情丰富细腻、兴趣爱好广泛的女人来说，她几乎是感受不到孤独的。即使孤独，她们也不怕，因为恰恰是这份孤独才带给了她们自由的欢乐，丰富了浪漫的单身生活，让其找回了自己。

"完善自我，比寻求爱情更实惠！"作为美惠的单身宣言，这话已经在我们朋友圈里耳熟能详了。一个人单身居住五六年后，美惠已经不再把变快乐的希望寄托在婚姻和爱情身上了，她似乎能越来越清醒地看待生活。对她而言，生活就是一种储备过程，感情也是如此。爱情来时，热情相迎；爱情去时，笑脸相送；自由的时候就尽情挥洒自由。这样的生活也许不一定很完满，但绝对值得期待。

作为都市金领，美惠全然有让自己的生活和工作挥洒自如的掌控力。在她眼中，工作是价值的具体体现，出行的路上则是境界的提升。

从两年前开始，一到节假日便显得空虚的她开始趴在网上各大论坛找组织，很快，她便和网上一些志同道合的朋友组织起来登山、远行，过往平淡的生活顿时变得热闹起来。一开始，置身于美丽的风景中，美惠还会奢望有一个人相伴，但渐渐地，当她完全与自然相融而产生了"场"，霎时便融化了她的失落。置身高山大川，美惠感到自己好渺小，人生也只不过是过眼云烟，既然无论怎样都要向前，为何不快乐地向前奔跑？

面对工作上的琐碎和人际交往上的纷争，美惠也会有心灵上的苦闷。为此，她专门为自己开辟了专属心灵之旅——西藏、云南、四川、赣南、湘西……都市里看不到的生活，一一呈现在她眼前，让美惠找到了内心想要的朴素、坚定又无比真实的力量。

美惠说："我以前的精神空间是别人帮助建立的，所以自己是随着生活走，活在感觉中。但现在感到踏实了，即使外界没有依赖，自己的内心也已然长成一棵大树。这种心态不但避免了回望过去的无奈，还发现了人生因丰富而有的美丽，真切地体味了尼采所

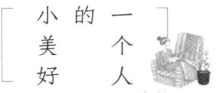

一个人的小美好

说的'生活在一种世界观里是单调的'。"

与此同时,为丰富每一次的出行,为浪漫的旅途增添不一样的情趣,美惠还给自己的出行找了一个具体的"主题"——摄影。她经常参加摄影爱好者组织的专线旅游,去的地方都是旅行社找不到的。她的摄影作品也渐渐显露出对生活本真的观察和体悟。美惠目前的摄影器材都是偏高端的,而置办它们也使美惠充满感激地对待工作。摆弄相机时的美惠别具风情,她说:"去过一些好地方、拥

有一套好设备、拍出一些好片子,爱情就已经不是那么重要了。"

作为旅游摄影爱好者,美惠还经常和一些喜欢摄影的"驴友"去拍民俗。美惠说:"置身都市又可以远离都市,让心情定期'流浪',会发现很多从未有过的状态。心在纯洁的山水、淳朴的人心中过滤,你会发现自己活得越来越纯洁,越来越健康。"

在成长阶段,可能好多人都有过"离家出走"的想法,因为模式化的生活常常使人麻木。只有适时地离开,心,才会承载更多;眼,才会看得更远。

出发吧!从出发到归来,一定会有所改变或者发生。

闲云野鹤流云飞逸,自在随意坚持原则

作为单身贵族,美惠闲云野鹤般云游的日子让人艳羡,回归现实生活的独居生活同样让女人们赞叹不已。

因为独居,她有足够的自由来支配自己的所有业余时间、交际圈子、生活起居等一切细节。周末的日子,早上闹钟一响就被她随手一扔,继续抱着大抱枕蒙头就睡,在温暖的被窝里做睡美人的梦。天气够好、精力充沛的时候,她会起个早,伴随DVD的画面和旋律跳跳健美操、做做瑜伽,或者换上一套得体的运动装到附近的林中小跑,保持"曲线"的美丽生活定律是她的必要守则。平日下班了,她会约上闺蜜去逛商场、看电影、上网吧体验最新游戏或者去歌厅唱歌跳舞,累了,回家倒头就睡;或者安静地在家看看书、听听音乐。

一个人的小美好

民以食为天。一个人的日子也要把自己的肚子喂饱,要是突然嘴馋了,美惠会选择亲自去超市挑选食材,做出自己想要的味道。实在想吃什么美味了,也会随时随地驱车前往。晚饭后,她会出去散散步,在朗月疏星下聆听蟋蟀秋唱的浪漫,随后回家敷敷面膜准备入睡;该睡觉的时候,可以不睡,趁着月白风清,夜深人静,一边数着天上的星星,一边给亲爱的朋友"煲"几个温馨甜蜜的电话"粥"。

日子久了,美惠也会有失恋的时候,对她而言,失恋和失业一样,没什么大不了。她常常说:"失恋没什么不好,失恋可以让我有更多的精力努力工作,更多的时间锻炼身体,要知道这个世界上没有人比你更爱自己,最不应该做出的牺牲就是让泪水弄花自己的笑脸。"在我看来,是失恋让她想起了埋藏内心许久而未尘封的梦想,唤醒了连她自己都从未挖掘过的潜能。原来,她还会写得一手堪称叫绝的散文,她还会创造油画,她对四书五经倒背如流。她说:"单身女人最忠实的情人,就是书籍和网络。"爱学习的她始终秉持"活到老,学到老"的理念,才让自己始终保持了这份独特的魅力。

做一个单身女人的感觉多么美好!自己把心情的风筝放高,没有必要让另外一个人牵着,在寂寞的风里,滑翔出的却是一番别有情趣的快乐和洒脱。

爆发你的小宇宙吧!肆意地活着,喧嚣地爱着。只要开心,只要快乐,随心随缘,一切都好。

18

时光尚好,怕什么孤独终老

按你想要的方式生活

这个世界,总是格外着急。大家都着急结婚,着急发财,着急晋升,着急小孩快快成才……我们总怕来不及,却忘了抬头望望沿途的风景,去思考我们生活的意义到底是什么。

我有个多年的好友,多年来一直忙于工作,就把自己的终身大事给耽搁下来了。三十岁以前,她自己倒是不慌不忙,可一过三十岁,父母急了,天天催问,到最后,她也开始焦虑起来,几乎每个礼拜都会去相亲一次。

有一次晚上大家出来小聚一会儿,她居然惆怅地说怕自己一辈子遇不到喜欢的人,想干脆找个人赶紧结婚算了,再晚怕是生小孩都有问题,否则就要孤独终老了。

她说专门请了一个月的假,要从深圳回家专门寻觅结婚对象,

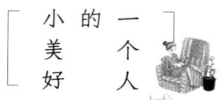

一个小的美好

看她着急忙慌的样子,我笑了,时光尚好,怕什么孤独终老。

在这飞速发展的时代,我们身边迟迟没有遇到爱情的人怎么会少,但很多人都把一个人的日子过得简单而快乐。就像我的大学闺蜜,大学毕业后先后闯荡北京、上海,如今定居上海,偶尔也会张望别人的世界,看看到底谁比谁过得更幸福,但她从不因此乱了阵脚。

毕竟,她拥有几十万元的年薪,高职务、高收入的她,穿戴得体,出入奢华,永远都以高雅美丽示人。平日忙着工作晋升,闲暇时间挑地方度假,可以和初识的陌生人用英文天南地北地聊,也可以去到自己想去的任何地方,还可以轻而易举地实现很多想要实现的小小愿望。如此一来,她一个人也能过得很好,怕什么孤独终老?

面对她人的各种眼光,她笃定而果敢。她常挂嘴边的是:"前面的时间都被我花在赚钱上了。上天赐予你某些东西,定会剥夺你某些东西,哪有可能什么便宜都被你占了。"

对,人活到最后,终究活的是心态。如果暂时不能如意,一定会有更好的安排。你要做的只能是活好当下,做好自己,想要的一切,或快或慢,或早或迟还是会出现的。

有句话说得好:"姑娘,你那么努力,不是为了嫁给世俗传说的如意郎君;你那么优秀,不是为了给娃当个娘就算了;你从不欠别人一段恋爱,也不欠任何人一个孩子,你只欠自己一个幸福的模样。"

你要做的是让自己随时保持好的状态,在转角遇见爱的时候,自信地对那个人说"你好!"不辜负自己,莫错过流光,去做你想做的事,趁阳光正好,趁微风不燥。余生很长,何必慌张。

机遇尚多,怕什么时光荏苒。毕竟,对于人生这场耐力赛,跑得快的比不过跑得远的,笑到最后的,才是赢家。

人生的成功,从来不能用世俗的金钱权势来定义,能以自己喜欢的方式过一生,就是一种成功。如果你能按你想要的方式过生活,生活也不会亏待你。那些寂寞的时光不会白白忍受,你的快乐终将反馈给你更多的惊喜。

余生尚长,不如意只是暂时的,何必慌张。

一个人优雅地老去

成名后,女诗人余秀华果断结束了自己十几年的婚姻。在采访中,她坦言成名使自己坚定了"做自己"的信念,也给了她"特立独行"下去的条件。"人间允许我活着,而且一时感觉不到危险,这已经是一件美好的事情了。爱情嘛,可以另外计较。"

余秀华在最新散文集《无端欢喜》中说:生命里面有连绵不断的悲苦和这悲苦之上的故事,我爱死了说不清道不明的一生,我爱着人生里涌现的骄傲和低处的迷雾。我感谢我自己卑微而鲜活地存在。

一个人的小美好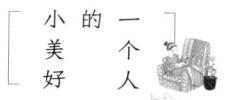

现实世界里,也有许多如余秀华般的女人。与其彼此在一段关系里痛苦,不如换一种方式,那么,连呼吸的空气和从前也会不一样。

一个人的世界里,会有许多的惬意放松。亲手煮一杯大麦茶,花费数小时为自己做一份比萨,给自己磨一杯热气腾腾的拿铁咖啡,在树荫下默默地读完一本书……那些不为世事纷扰所打乱的静谧与美好,会让人觉得空气里面都是甜甜的、香香的。

我远在上海的闺蜜,几乎每年都会和我联系,次数不多,但是每次都会深聊。最近一次的畅聊中,她和我提到自己爱上了瑜伽和佛学,并每日在家练习打坐,研究《金刚经》等佛教经典著作。在她心中,每个人都是独一无二的存在,每个人都有爱自己的权利,按照自己的意愿活着,不需要喧嚣,不需要打扰,就这么静静的,已经是最好的安排。

在自己的世界里,她把自己的身体和心灵都照顾得足够精致。看她最近的照片,满脸的安和,她没有那种女强人的戾气和强势,也没有普通家庭妇女的油腻与抱怨,眼神里穿透出来的都是豁达与安然。跟这样的女人聊天,本身就是一种享受,很想立刻飞奔到她身边,来一个热情的拥抱!

对于自己爱和爱自己的人,她有很多的关照。她个性安静,不喜纷扰,所以每次回老家她都会避开高峰,等到旅客流回落之后,她才会踏上返乡之旅。在老家,她陪着父母在乡间小路上散步,和每一朵路边的小花、小草对话，对风儿歌唱、与大树呢喃，她温柔地对待每一个与自己交往的人，乐善好施地给予大家更多的关爱和照料。

  一个人的日子，她过得云淡风轻，没有过对去路的怅惘，亦从不担忧将来，她说余生还早，何必彷徨。二十年后，她将回到老家，在父母的宅基地上再盖一座古色古香的庭院，有小桥流水，有藤萝绿蔓，每日清晨在鸟儿的歌唱中醒来，然后去菜地里面浇灌，亲手采摘下自己辛勤劳作换来的瓜果。与朋友家人一道，在淳朴的氛围中、在熟悉的家乡、在绿色环保的环境里，美丽而优雅地老去……

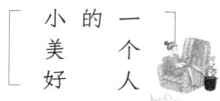

一个人的美好

19

女人,愿你优雅如书

活出女人最美的状态

再次见到艺潇,已经是分别十年之后。当她一头大波浪长卷发亭亭玉立地站在我面前,我当即感受到了她身上散发出的优雅迷人的女性魅力。

作为一家女性时尚杂志的主编,艺潇比一般的女性拥有更多对美的感知力。她举止优雅从容,一颦一笑得体大方,在人群中,她的存在很引人注目。

"一个女人最美的状态是赚钱、变美和读书。"说这番话时,我分明瞧见艺潇满脸的神采飞扬。

在职场上摸爬滚打多年,艺潇以自己的高情商和高智商稳稳地擒住了期刊社副总编的位置,年收入数十万元。在她眼中,女人的经济独立是一切优柔美好的先决基础,这样才能让其可以自如地支

配个人的生活，比如选择独居、随心所欲地挑选自己心仪的礼物，等等。

于是，独居的芝潇一下子成为我们一众女友力捧的偶像。大家纷纷凑到她跟前，向她讨教一个人拥有美好生活的"秘诀"。来到她家，我们被她别具一格的装饰风深深震撼——这是一个绝对波西米亚风格的家。她那拥有现代感的奢华木屋坐落于湖畔，晨起推开房门，是一片大露台，视野开阔，偶尔有野鸭、白鹭嬉戏为伴，别有一番野趣！步入房间，扑鼻而来的是原木的芬香，让人心旷神

怡、倍感舒爽。随处可见的壁画、波西米亚风格的床品及各式摆件，像极了主人热情爽朗奔放的心情。

室内各项设施一应俱全，布置典雅舒适，不经意间便见惊喜。满屋子都是衣柜，挂满了她琳琅满目的各式服装，有时装、有晚礼服、有便装、有休闲装、有运动装、有睡裙……红的、绿的、紫的、黑的、蓝的、黄的，让人眼花缭乱。衣柜旁边，更是各式鞋柜，摆满了各色款式不一的鞋子，以有女人味的居多。我们不禁惊叹，难怪她穿着如此有品位！

业余时间，她还专门拜师学了礼仪课程，对女性穿着色彩搭配自有一番心得和造诣，与此同时，聪慧的她更懂得自身气质与外形的协调。在这个年纪，她知道自己该穿什么样的衣服，什么场合穿什么衣服。

品位还在于对朋友的选择，这是艺潇精致生活的另一层体现。她的朋友圈很广，出版、影视、广告、传媒界遍布她的朋友，大家经常在一起喝茶聚会。记得那日谈及，她随口就引用了一部老电影里的台词："生活怎么能凑合呢？"

是啊，生活怎么可以凑合？作为独立女性，艺潇的原则是一定要活出自己的色彩，按照自己的意愿去生活。所以，她够精致，她够大方。

艺潇特别推崇香港女作家亦舒说过的话："真正有气质的淑女，从不炫耀她所拥有的一切，她不告诉别人她读过什么书，去过什么地方，有多少件衣裳，买过什么珠宝，因为她没有自卑感。""优雅的女人，即使买了爱马仕的丝巾，也会将标签剪掉。因为她知道，良好的品质就是丝巾最好的标签。"对品行有洁癖的艺潇有学识、有才华，所以她才有不俗的谈吐。因为善良，她眼底时常闪现温柔、清澈的光芒；因为在天地间存一份慈悲心，她才一直拥有好人缘。

活出女人最美的状态，她做到了。

不为往事扰，余生只愿笑

俗话说：笑一笑，十年少。作为一个有故事的女人，艺潇有太多压在心底的故事，但是她从不在外人面前轻易流露。

人说，腹有诗书气自华。常年与书刊打交道，艺潇的内心显得从容淡定，再大的事情到了她跟前，她都泰然自若，处变不惊。面对人生的风雨与变故，她不是无所谓，而是学会了用自己的思想、自己的主见控制住情绪的波动。她说："人嘛，七情六欲很正常，但是又于事何补呢？"

作为朋友，我常常在内心无比赞叹艺潇的冷静与理性。其实她出生在普通家庭，也有父母亲人生病的困扰，也有各类家庭琐事的纷争，更有同事之间的钩心斗角，但是她从来都是能很好地把控住自己的情绪。"我会在心里给各类社会关系划界，力所能及地给予需要帮助的人关心与扶持，也会对不在一个频道的身边人当即说不。如若有关系过界的干预与打扰，我会紧急叫停。"

而我们也会慢慢发现，在艺潇的这份优雅里，也暗含着一种对世俗的抗争，抗争着不做一个低俗的人。而要具备这种强大的抗争能力，她必须不断地努力提升自己，提高自己的生存能力，扩大自己的朋友圈，扩大自身的影响；同时，在生活中她还要尽显女性的温柔与妩媚，在任何场合都要将自己最优雅的一面展示出来。

在自己的独立世界里生活，艺潇已经不再轻易参加任何应酬，在满桌的觥筹交错中给人赔笑脸。她说："活到这个年纪，我已经想通了。与其取悦或迎合他人，不如去满足与讨好我自己。"想喝酒，兴起的时候，一个人都可以坐在自家的阳台上喝上一下午。那又是何等地自由与畅快呢！

不为往事老，余生只愿笑。艺潇说她只想活在当下，过好当下的每一天。当然，她的余生要"笑着过"。不想再被负面情绪干扰，不想被负能量的人所左右，她像一本岁月里面的书，懂得内外兼修，懂得让自己出彩。女性命运不再是单独的二选一，在她面前会有更多的选项，更出彩的人生。

如书的女人，字里行间都是人生。书页里写着天真，写着单纯，写着追求，写着奋斗，写着爱，写着情，写着理性，写着包容，写着善良，写着坚强，写着感恩，写着淡定，写着幸福。

女人，愿你优雅如书！

20

活出自己,傲然绽放

自驾旅行,驰骋在路上

多年前,我因工作关系认识了一位出版社编辑,而后与她有过互动,也慢慢走近了她的个人世界。

十年前,茱莉结束个人感情生活后,便开始了一个人的生活,没想一过就是十年。要是大家认为她这十年过得肯定是凄凄惨惨没有质量,那可是大错特错!这十年,她可是痛痛快快地为自己活了一把。在北京汹涌澎湃的忙碌之余,她时常会给自己安排一场有计划的自驾之旅。

2010年底,从出版社辞职后,她开始边旅行边写作。几年间,她陆续出版了两本旅行随笔和两部长篇小说。

有人说过:世界是一本书,而不旅行的人们只读了其中的一页。旅行是人人都喜欢的,人之所以爱旅行,不是为了抵达目的

地,而是为了享受旅途中的种种乐趣。对外人而言,旅行是一种喧嚣的存在。而对于茱莉自己,旅行是生活中的一种方式而已,是人除了读书外的另一种观察世界的方式。

出门在外,总会面对诸多不便,特别是一名女性独自出门在外,面对的困难更大。会有各种忐忑、各种担心、各种害怕,但是茱莉对此从未有过盲目的挣扎与忧虑。她总说:"一个人一条路,人在途中,心随景动。有快乐,有孤单,有疲惫,有思考……当然,我在这里并不是鼓吹一个人旅行。多少人旅行都行,好的旅伴能给旅行增光添彩。"

茱莉细心细致、逻辑思维很强,处理事情果断坚决,这些性格特质让她的旅途减少了许多困扰。旅途中的"吃住行"自然是首先要面对和解决的问题。为此,在每次整装出发前,她都会遍寻网络,对当地的风土人情、饮食结构、交通酒店信息等做好完备的攻略。

善良宽和的茱莉总能以体己之心去体谅他人。一位单身女性在人生地不熟的旅行地居住,自然会有一些不方便。为了自身安全起见,她每次在入住酒店时,都会给予酒店管理者最大的尊重。她一直坚信,所有的爱都是有回报的。所以,一路下来,她也得到诸多关照,安全无虞。

当然,自驾旅行需要担心的问题还有很多,比如车坏了怎么办,比如安全如何保证,等等。在她看来,安全真的是要靠自己把控,最优秀的警察也不可能24小时守护着你。面对安全问题,她也有自己的原则:晚上尽量不开车;二十点前一定住下;问路前对人微笑有礼貌;宁吃小亏也不占他人便宜,也不让人欺负我;防人之心不可无,害人之心不可有。

很多热心的网友会好奇地询问她,一个人自驾旅行带什么好,她的回答是:"带钱!想带什么就带什么吧。最重要的是,带上一颗善良的心。"

风雨无阻的旅途,心中美好的目的地在远方挥手召唤,茱莉靠着自己的智慧与才情畅游理想的国度。即使一个人,也能纵情驰骋在宽广的旅途上,为这样的她点赞!

随心所愿,傲然绽放

2009年3月,在那样一个微博盛行的春天的某个午后,茱莉开通了自己的个人博客。此后,她经常更新自己的博客,热心回复网友提问。对于那些深陷感情泥潭的男男女女,她的观点是"不要轻易相信永远":任何东西都会有一个期限,"永远"只是一个概念。承诺"永远"的人,同时也是在许诺谎言。

又是一个美丽的春天来临,她也多了两个健身项目:攀岩和游泳。过去常规的是骑自行车和拳击。为了有强健的体魄,她以高度的自律坚持健身,而对于健身的目的,她的理由很充分——健身是为了一个人即将开始实施的骑自行车环台湾旅行。

一个人的小美好

旅行和写作,是茱莉当下主要的生活和工作状态。无论多忙,她每天都会保持每日三千字的写作习惯,有时也会写写日记。对于她而言,每天侍弄花草、与蛐蛐聊会天,练练书法、饭后散步、弹弹吉他,都是生活的乐趣,也是不可或缺的调剂。

2010年12月31日深夜,距离2011年还剩不到30分钟的时间,茱莉在自己的博客写道:"明天,我就开始做自己想做的事,不再为无休无止的工作、无聊的人际关系去做一些违背我心愿的事。我要做回我自己。我要像风一样自由!"

于是,她就这样彻底地成了"自由一派"。一个人吃饭,一个人睡觉,一个人写作,一个人旅行……日常生活乏味了的时候,茱莉就会想到要出门旅行。在旅途中,她思索了很多关于人生的命题,心想,既然那么困难的旅途都挺过来了,还有什么不能克服的呢?放下心结后,她也想通了自己未来的路:"我要好好地活,灿灿烂烂地活着。我要好好地谈一场恋爱,谈一场纯粹的恋爱,认真地爱一次。"在内心下了这个决定后,一下子雨过天晴,她突然就感觉整个世界都变得特别美好了。

那日与她聊天,她说她发现世界上几乎没有纯粹的爱。为此,她还是宁愿继续一个人生活。哪怕爱是一件奢侈品,但她依然渴望拥有它。

还好生活中有书香,有写作,有朋友,有快乐,有健身,有音乐,生活中依然有那么多无穷无尽的乐趣陪伴着她。正如她在自己创作的书籍中所传递出的理念一样，这个世界是充满希望的，时间、压力并不可怕，可怕的是失去了希望。希望是给那些执着于生命的人，成功也总是落在自信而聪慧的人身上。

对于未来的路，她一直坚信"爱高于一切，爱是生活的本质"。于是，她友爱地面对这个世界，对身边报以真情与善意，感恩大自然给予的一切，与世界真诚为伴，她的世界，鸟语花香，美丽无边。

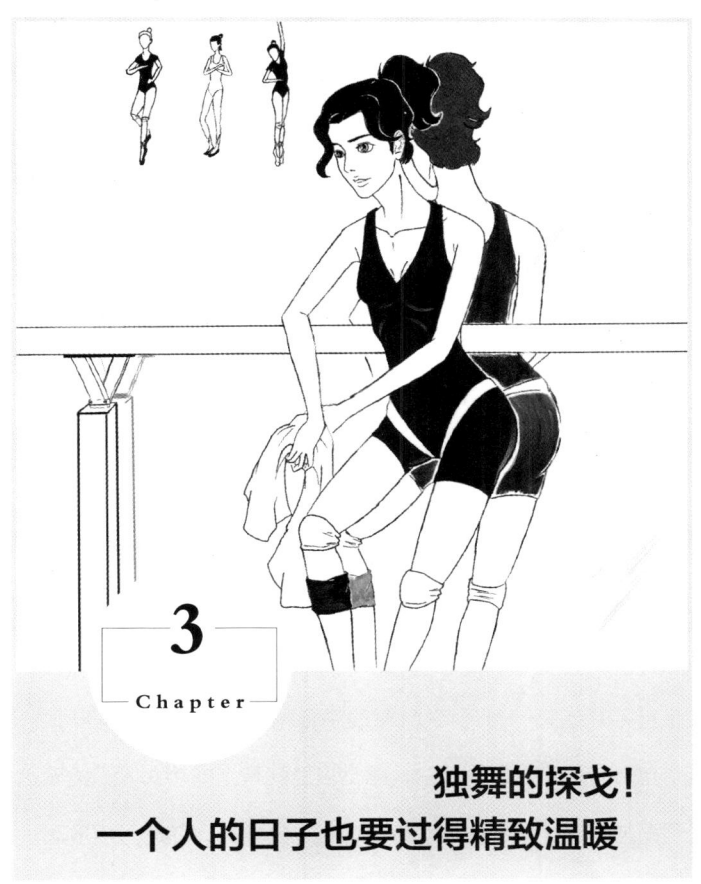

3
Chapter

独舞的探戈！
一个人的日子也要过得精致温暖

这世上只有"日子"是无法阻止且必须一天又一天坚持过下去的。一人居的日子，衣食住行皆见品位与智慧。若过出精致与温暖，你就对了，你的世界也就对了。认真生活，珍惜眼前，感恩当下，就算是一个人的日子，也足够闪亮。

21

日常生活，是我们一生最尊贵的工作

人生最重要的是好好生活

那日听到朋友林书讲一件趣事：她买了一件真丝吊带睡裙，800元。每晚穿着睡觉，觉得浑身冰凉酥软，特别可心。她的闺蜜见了后爱不释手，但得知价格后，说："太奢侈了。"她马上说："你上个月不是还花一万元买了LV的手包吗？"闺蜜立马解释："买这个包是有用的，你拎着它，感觉自己就是个成功女人；拎着这包碰到高帅富时，你不怯场；拎着这包去谈业务，你的可信度高。你买这么贵的睡裙，能穿出去吗？不就是睡个觉嘛，哪里用得着这么讲究？"

林书听闻后大叫，生活怎可随便敷衍？事实上，在现实中，很多人对待工作精益求精，对待生活却是"随便凑合"的心态。

虽然是一个人居住，但是林书的生活品质绝对不逊色于任何

一个的小美好人

人。初到上海,她在公司附近租了一套20世纪80年代的老房子。一进门,她二话不说,就开始马不停蹄地忙碌起来:联系涂料公司给斑驳的墙壁刷上环保乳胶漆,为旧家具盖上自己精心挑选的各类花布,用麻绳把油画挂上墙,在卧室摆上自己心爱的各类摆件和挂件,从花卉市场搬回一盆盆各式各样的花草……不久后,在她的一番改造下,那个外面看上去明显老旧的房子,摇身变成了极具文艺范的"新房子"。

她说:"好的生活,从来就不能怕麻烦。房子是租来的,但生活是自己的。我要对自己的每一天负责。"

对于日常生活,林书极其认真。她把自己的日子打理得井然有序,每一天都当作工作来规划:每天早上五点起床,先喝500毫升温开水清洗肠胃后,出门慢跑一小时,回家洗个热水澡;六点半,她开始准时做早餐,2个鸡蛋、1杯牛奶是标配,然后一边看新闻一边吃早餐;八点出门上班,下午五点半必须准时下班;每个工作日都要安排两次茶歇。周末双休她绝不加班,每周都会安排时间去超市、商场购物,和朋友聚会。坚持一周买一次花,每晚给花瓶里的花换水。坚持两周修剪一次头发。坚持每个季度出去旅行一次。坚持一年四个季节里,去四个不同的周边城市休闲、享受当季美食……

把生活当成一份尊贵的工作来规划后,林书惊叹:我从来没发现生活竟然可以如此美好!

一日三餐，涉及温饱，亦关乎健康。林书对于入口的食物，尤其关注。她的饮食很精致，早上要确保吃得有营养，中午要荤素搭配，晚餐不吃主食，以当季的蔬果为主，颜色搭配、形状造型上她都特别考究。看她每日发在朋友圈的晚餐，都会觉得生活怎么可以如此五颜六色，再加上自己搭配的各类瘦身食品，她170厘米的身高，却始终保持了115斤的完美身材。

"你不觉得麻烦吗？"对于我们一众女友的好奇，她反问："我们每天在城市间奔波，这么努力工作到底是为了什么？不就是为了好好享受生活吗？"

把日常生活当成一份尊贵的工作

日本生活大师松浦弥太郎被公认为是全日本最会生活的人。他说过：日常生活是一份尊贵的工作。

很多人肯定会问："把日常生活当成一份工作来规划，是不是太麻烦了？"

但松浦说："事物所有的滋味、优点和乐趣，全是从麻烦的事情上孕育而生的。"

小说家、作家米兰·昆德拉也说："麻烦的事情里头，隐藏着真正的乐趣。"

"热爱生活的人，从不嫌生活麻烦。那些生活品质很高的人，没有一个是怕麻烦的人。那些能把一辈子过成几辈子的人，没有一

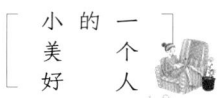

一个美好的小

个是怕麻烦的人。怕麻烦的人,不可能拥有好生活。"

很多时候,我们都会觉得随便"凑合"一下就算了。早上懒觉睡过头了,路边摊随便吃个烧饼就急匆匆上班去;晚上下班太晚,随便扒拉几口冷菜冷饭算了;睡衣太旧了,反正在家也没人那么在意,旧的短裤T恤反正也能对付,何必再买?鞋子又脏又破,只要还能穿,今天也可以凑合穿出去;唇膏过期了,只要不那么气味难闻,也可以用用;昨天的青菜蔫了,洗洗还能吃,还是炒了吧;孩子还那么小,我自然身材没那么纤细,过两年,我自然会瘦下来……很多人都抱着这样"凑合"的心态,于是一晃也就是几十年过去了。一辈子也就倏忽而过。

在林书看来,人生苦短,我们怎么可以如此搪塞自己?快乐与否、健康与否,其实就在一日三餐、无数个细节拼凑起来的一天24小时。林书说:"要想别人爱我们,我们首先要学会善待自己!"

一周前,我去拜访林书。临到门口打电话给她,她说还有半小时到家,我便坐在门口等,一抬头看她家的花围墙上贴了一句话:"如果你来访,我不在,请和我的花儿坐一会儿吧。它们很温暖,我注视它们很多日子了。它们开得不茂盛,想起来什么说什么,没有话说时,尽管长着碧叶。"

看到这段话,我焦灼的内心顿时觉得仿佛有清风拂过。我安静地坐在门沿上,真的就开始细细地欣赏起那些花儿来。

一会儿,林书出现了。我笑她怎么想到要写这段话在门口,她问我:"你对它笑,它就对你笑;你对它哭,它就对你哭——这是什么?"我脱口而出:"镜子!"她笑着说:"是啊,这就是生活。我们的生活就是如此,你怎么对它,它就会怎么对你。把自己的身体照顾好,把自己的心情装扮好,把日常生活当作一份尊贵的工作,生活定然不会亏待你。"

22

人生第一桩事,是生活

做一个会生活的女人

一个会生活的女人很容易把身边人的目光一瞬间就吸引过来。黎雨就是这样一个人。

那日,我和她一起乘坐飞机旅行,她把飞机上的所有乘客都惊得目瞪口呆。上飞机时,穿丝袜筒裙高跟鞋的她,那一张脸也描化得极为精致。飞机进入平流层后,她缓缓脱下高跟鞋,换了双棉拖鞋,接着掏出一个硕大的旅行化妆包,将洗面奶、卸妆油、爽肤水、保湿面膜、眼罩等一字排开,然后去洗手间将妆容卸了个干干净净。神采飞扬地回到座位上,她吃完飞机上的午餐后,随即便给自己敷了一个补水面膜,然后戴上眼罩,安安静静地睡了。半小时后,她又去了趟洗手间,回来时妆已画好,恢复登机时的神清气爽。看她如此频繁地起身落座,而后不断变换的造型,全机人都为她娴熟的流程惊呆了。下飞机后,有人主动问她:"请问您是在大公司上班吗,是不是需要频繁出差?"她嫣然一笑:"不,我是出门旅行。"

不明就理的人都以为她如此不厌其烦,是工作需要呢。可是谁又讨厌这样的女人呢?她永远光鲜亮丽地出现在人前,哪怕是飞机上封闭狭小的空间也不忘把自己打扮得精致得体。我突然就想到:女人的略施粉黛,其实也是对他们的一份基本尊重和礼貌。

自然,黎雨的这份严谨和她对生活的态度,我们已经习以为然。会生活的她,总是把自己的日子打理得井井有条。每天的工作和生活,她都安排得妥妥当当,按照计划严格有效地执行。除了每天该完成的工作,需要去完成的各类学习课程、需要去参加的宴会和约会,她一样不少,在一张一弛之间,她把自己的日子过得精致优柔。

无论走到哪里,她都是灵魂有香气的女子。

懂得享受生活的黎雨可不是"工作狂人",在休闲的时光里,她最爱的就是躺在自己院子里的吊床上看星星。在夏天的傍晚,黎雨会在家院子的石桌上摆上各色时令水果,邀请三五好友来家中小聚,喝香槟、吃美食、看日落。趁着夜色朦胧的时候,大家一起弹弹吉他,或者来上一段舞蹈,在微微晚风吹拂下的天空酒吧凝视星星。女人们之间的聊天,自然是悠闲而放松,可以躺在草地上、坐

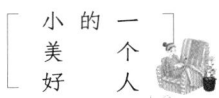

在石头台阶上,也可以随手端起一杯红茶,在友情的温暖中享受这个曼妙的夜晚。而平日里素来风风火火的黎雨,此时则静静地躺在吊床上,双眼盯着夜空发呆,天上的星星像钻石,一个人默默地凝望着星空……

时光的味道、流水的味道、生活的味道,在她的注视中流转婀娜,一切仿佛都默然停滞了。

人生第一桩事,是生活

别看黎雨如今生活得安静美好,其实她也有过忧伤的过往。

二十八岁时,她被确诊直肠癌早期。拿到确诊通知单,她泪如雨下。反思多年来自己的生活,实在是太过随性:累了,就在沙发上靠一靠,醒来继续投入工作;渴了,就随便喝几口,或是碳酸饮料,或是隔夜的冷水;饿了,随手就给外卖打个电话,只要不是实在难以下咽,她都会三下五除二地下肚;病了,也只是去药房买点普通的抗生素和消炎药……总以为自己年轻,总认为自己是铁打的金刚,认为时间宝贵、青春可贵,一个女人的前途要靠自己去打拼,一定要抓紧时间奋斗,却往往忽略了自身的健康。

那一瞬间,她发誓自己今后一定要好好生活。从此,她不再睡懒觉。每晚十点睡觉,次日六点准时起床做早餐,给自己做一份口味清淡、营养丰富的早餐。中午,她不再迷恋外卖的便捷,会到附近学校的食堂就餐,一荤一素的搭配,营养健康。晚上,她不再轻易在外就餐,尽量回家自己烹调。去菜场买上最新鲜的食材,一菜一汤也很丰富,吃得美美的再放下碗筷。

  生病后的她开始顿悟一个道理,人生在世,什么都不是永远的,只有身体会陪伴自己终老。于是,她不再纠结于过去的人世纷争,也不再拘泥于人与人之间的一些小小摩擦,在一个人的世界里面,她开始安静而优雅地体贴着自己。工作累了的时候,她下班回家就补一会觉;心情不好的时候,她看会电视剧、听听歌或是看会书,让自己的内心慢慢平静下来;口渴的时候,她第一时间给自己倒上一杯温水,让水在温软的温度中慢慢下肚;晚上伏案工作、实在不想再继续的时候,她干脆停下,独坐窗前,望向无边夜色,暂时放松身心。周末,她不再像过去那样四处奔忙,而是开始静静地度过,有时甚至会想着全然地放空自己,享受一次彻底的无所事事……

  不拧巴、不张惶的她,慢慢学会了关爱自己的内心,体贴自己身体的需要,也收获了豁达的心态和逐渐康复起来的身体。在这期间,她学会了化妆。她说:"无论是出于工作的需要,还是个人欣赏的需要,我要让自己每时每刻都以最美丽的状态出现在人前。"

  坚强的黎雨用自己的故事告诉我们,人生第一桩事,是生活。人生苦短,我们每个人都是与众不同的唯一存在。只有生下来、活下去，才是一切奔忙的基础和意义。

而我要说，亲爱的，你得好好活着，才有机会对这个世界道"晚安"；你得好好生活，才能过上自己想要的生活。

23

每一天都是与世无双

把日子过成诗

从学校毕业后，姗姗和大多数女孩儿一样，也曾度过了一段自由随意的时光。然后，她从一份工作到另一份工作，从一个岗位到另一个岗位，一直兢兢业业地做着自己，赢得了所属企业和同事们的高度认可，这一年，她被公司给予最高荣誉，颁奖词中写到，她坚持"把简单的事做好就是不简单，把平凡的事做好就是不平凡"。

行政工作似乎一开始做起来就比较顺手，在公司发展的过程中，随着公司新聘人员及各类接待事务的增多，她的工作日渐忙碌与烦琐起来，也在这一过程中极大地考验个人的工作能力与情商。

闲暇时间爱创作油画的她，就像一个艺术大师一样把独自生活的日子过成了诗。独自居住的她，自从搬进暂住小屋之日起，就

> 一个小的美好

按照自己的风格,把两室一厅的居室布置成了"山水田园"风格,各种碎花的布艺窗帘、各类蕾丝花边的桌布、各种琳琅满目的独具女人韵味的软装饰让人瞬间感觉置身温馨的梦幻田园。下班后,她第一时间走入菜场,采购最新鲜的瓜果食材,然后给自己做一顿色香味俱全的晚餐:有番茄牛腩面、有孜然煎牛排、有京酱肉丝、有西湖牛肉羹、有白斩手撕鸡……有红有绿,西蓝花、黑木耳、西红柿、牛肉是她的最爱,好不热闹!

在照顾好自己的饮食起居之余,姗姗把自己的独居生活打理得趣味盎然。她作息规律,早上五点起床,晚上十点入睡,每天准时准点,绝不拖延;闲来无事,她会在家做油画、做手工;她是编织高手,拥有一身好手艺,各类花色的桌布、披肩、毛衣、帽子、手套、玩偶、抱枕,她手到擒来,样样都是精品;她爱美丽,尤其喜欢网络购物,会认真研究各色物品后,热心肠地推荐给身边好友;她独自研究烘焙,在家里做出形形色色的小饼干、小点心,分发给朋友们品尝;她还爱看书,在家里到处摆满了她爱看的散文、小说、杂志,等等。下雨的时候,她独坐窗前品读的样子,像一幅美不胜收的油画……

关于她的性情,有人说她清高,有人说她热情开朗。她自认自己活得比较本色,爱自己喜欢的人,远离与自己不同颜色的人,于是便坦然。

活色生香的个人生活

她爱旅游,也很会享受生活。工作之余的每个周末,她都会精心安排和设计,天南地北地筛选自己想去的地方,随时随地畅快安排一场"说走就走"的旅行;但凡有小长假,她更是必然出行。按她的说法,"人就应该按自己的意愿活着,钱就应该用在享受的地方。人生不只一种活法,我的身体和灵魂,总有一个在路上。"

作为客居武汉的广东人,她有自己特立独行的生活观念。每次去外地旅游,只要是去过一次的城市,她必定选择住在有品质的公寓,如云南大理、丽江等地,一次又一次地故地重游,她在不同的季节、不同的心境里面感知不一样的人生百味。在有浓厚纳西风情的客栈里徜徉,她自由呼吸早晨的清新空气,感受清晨的第一缕阳光,闻着早茶的袅袅茶香,观察天边的最后一抹夕阳,她觉得自己和大自然这样静静待着的感觉无限美好,一切都淡淡的、美美的,真想让时光就这样停下来!时光静好,生活安好,所有的一切都契合了她淑女的装扮,也促她沉静下来默默梳理自己的内心。

她把自己的生活装扮得很精致,生活也很有规律。每天早睡早起,绝不拖泥带水地享受生活的云淡风轻。出生于书香门第的她,恪守淑女的礼仪,行为举止一派淑女范儿。但她也是乐于助人、乐善好施的人,遇到他人需要帮助,她会热心肠地施以援手;自己编织的各类手工艺品,也是慷慨赠予友人;周末的晚上会叫上三五同事到家聚会,做一些美味菜系给她们品尝,而听到她们的赞不绝口

一个人的小美好

也觉得开心无比。

有人惊异她如何打发寂寥的闲暇时光,她却是搬出一大堆的爱好:侍弄阳台上的花花草草、做手工编织、做烘焙、缝纫裁剪衣物,等等。这些爱好在她那里都能活色生香地串出各色风味。于是,她的选择,她的品位,每每总让人咂舌;她走到哪里,总是带来一阵悠然的清香。

人说女人的幸与不幸都写在脸上。姗姗经常会笑,她笑起来的样子温软可人。作为父母最疼爱的小女儿,她拥有幸福温馨的原生家庭,上有一个哥哥、一个姐姐,都对她呵护有加。如今,兄姐的孩子们都已经长大成人,遇有休假的时间,她都会想办法飞到他们身边与家人团聚,每次在一起,她都笑靥如花。

转眼间,十一个年头过去,在时光年轮飞逝的过程中,她的生命中已经深深地打上了工作的烙印,她熟悉公司的每一个角落,熟悉公司的每一位同事,她也深深地热爱着她的工作。在她看来,一个高级的人就是把自己分内之事办好,一个有情怀的人就是要在工作中找到生活的乐趣,一个聪明的女人更会把一个人的日子过得活色生香。因为,每一天都是与世无双的!

24

保持内心的纯粹

真诚直率,尽情地释放

对于朋友们的好奇,如何在纷繁浮扰中保持一颗纯粹强大的内心?女友芝卿为大家送上了一首流传很广的米沃什的诗——《礼物》。

如此幸福的一天,

雾一早就散了,我在花园里干活。

蜂鸟停在忍冬花上。

这个世上没有一样东西我想占有,

我知道没有一个人值得我羡慕。

任何我曾遭受的不幸,我都已忘记。

想到故我今我为同一个人并不使我难过。

在我身上没有痛苦。

> 一个人的小美好

直起腰来，我望见蓝色的大海和帆影。

作为单身女性，芝卿从未感觉到自己的日子多么孤寂而单调，相反，她特别享受一个人的幸福美好，她说："那是愉快的、精神焕发的和满意度很高的时光。"十年来，她几乎不太向往真正的二人世界或者婚姻家庭生活。活在当下，现在的状态，反倒成了最好的。

作为大学哲学教师，芝卿对于生活比一般人都看得通透。她说，这个世间唯一的英雄主义就是：看清生活，并且热爱它。对于感情生活，她认为恋爱本来就是一个过程，无所谓结果；至于爱情，女人们可以把它安放在心底，让爱人成为永恒的回忆，但不必纠结于对错，也不必为已经发生的过往介怀。

在我看来，这其实就是一种超然、一种出世，一种与生活主动的妥协。所以，豪情满怀便要长歌竟夜，伤心欲绝大可号啕恸哭，喜不自胜只须开怀一笑。人生在世，没有什么比活得真实纯粹更好的了！

不虚浮、不矫情、不掩饰，真诚、直率、坦然。让情绪尽情地释放，然后投入到正常的生活中去，简简单单，岂不快哉？

是人都会有情绪，是人都会有压力，是人都会渴望最好的抚慰。我们处理情绪的时间，其实都是在无形中损耗生命，处理得越快、越恰当，生活就越简单、越幸福。知书达理如芝卿，总是能像知心姐姐一样驱散许多人心头弥漫的乌云。

关于女性如何在独身状态中找到尊严，芝卿说："当你愿意付出时，当你懂得奉献时，当你受委屈继续保持付出时，当你变得更智慧时，当一种感觉变成感动，当感动变成感悟，当感悟变成顿悟时，你就会突然找到自己！原来，自我的世界是如此美丽，拥有它将拥有快乐的人生，同时也保持了内心的纯净与纯粹，保持了人性最原始的真、善、美！"

就如同禅语所言：风吹幡动，不是风动，不是幡动，而是心动。

"我们会失意、会痛苦、会挣扎、会辗转反侧，正是因为我们的心还在温热地跳动，我们的心还活着。"芝卿很豁达，因为她通达人性，她了解人内心的渴望与诉求，所以她也真实地面对自己内心的渴望。面对压力，面对苦闷，她能够很好地释放自己，然后轻装上路。

正如萨特所说，我们所有人都被镶嵌进了这个世界。因为有期待，才会有失意；因为有许诺，才会有痛苦；因为有在乎的人和事情，才会有不愿放手的苦苦挣扎；因为有爱而不得的深深思念，才会有辗转反侧的肝肠寸断。

无欲无求，简单快乐

芝卿的外表，完全颠覆了许多人对于大学女教师的想象。她身材匀称高挑、穿着时尚、落落大方，绝对是上得厅堂下得厨房的贤

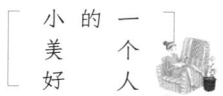

妻形象。在内心世界,她悄然为自己建立了一座美丽的城堡,非闺蜜不得靠近。

她说:"自己的能力所创造出来的财富才是人生最好的收获,是女性自尊和自爱的基础。"

住在大学校园的单身宿舍,她有着良好的生活习惯,每天早起早睡,作息规律,严格自律的她一到晚上十点半便雷打不动地安然入睡。当身边人都在为买房、买车大伤脑筋时,她不紧不慢,依然按照自己的节奏生活:车是代步的,我的活动半径多在校园,步行绿色环保,无须买车;房是居住的,我有一居室足够;当身边同事们为了评职称、为了得到行政级别挤得头破血流时,她非但不为所动,反而规劝他们放下杂念,一心做好本职教学工作,用自己的真才实学和人格魅力征服学生和同事领导;当外在世界里流行追星、微整、旅行、出国时,她对此亦无任何念想,别人的世界再喧闹,似乎都与她无关,她只愿守护自己内心的这片安宁小天地,清香怡人、鸟语花香、自给自足。

她无欲无求,简单快乐,真实自然。你几乎看不到她做作的痕迹,也看不到她去刻意雕琢自己的任何印记,如仙风道骨般,她在繁华世界里活得单纯简单、自然纯粹。她爱笑,她说"笑"是能让自己内心得以保持宁静与纯粹的法宝。而"笑话"则更是这世界上最贵、最难买到的一样东西!谁能想到她总是"笑料百出",专门手抄笑话本,每当集体出行时,她就是"笑话之王"。

她宽和待人，善良友爱，很早前就参与了学校的社会公益志愿者团队，一有闲暇就跟随队伍从事公益活动。同时，作为哲学老师，她还是学校心理辅导老师之一，面对孩子们的各类心理问题，她总是乐于充当大家的心灵导师，用诸如张德芬、张怡筠、胡因梦等心灵作家的畅销书作中的一些经典案例启发大家，享受内心的安宁与自在。

让自己变得更好，不是为了给别人看，只是想活成自己喜欢的样子。当对着镜子里的自己时，能从心底里感觉到舒服和惬意。无论哪一天在路上遇见那个人，都刚好是最好的自己。

芝卿说，这是她的人生终极目标——可以有自己独立的私人空间，可以茁壮成长，可以享受充分的自由，保持着一份真实坦荡的心，一颗欢喜雀跃的心，来到人间这一趟，是多么欢喜的体验呀！

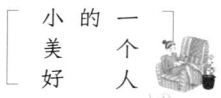

一个人的小美好

25

享受美食才是人生的最高治愈

享受美食，是一种哲学和信仰

那日去见淑芬，她在一堆美食之间抬起头来。面对我诧异的目光，她云淡风轻地点评："在纷乱的世界里，哪怕一个人也得好好享受美食，任何原因都不能干扰'吃'，因为它是一种哲学和信仰。"

看她一脸认真的模样，让我不由得想起近年来风靡海内外的一部美食节目《孤独的美食家》。这部改编自日本同名漫画的电视节目很是奇特，它并没有任何故事情节可言，30分钟的剧，大概有20分钟都在"看叔吃饭"。可偏偏就是这个"看"，让人欲罢不能，引发无数人的共鸣。它讲述的是独自经营一家网店的伍郎，为满足客人需要每天穿梭于城市之间。他喜欢一个人独行，却总是不经意间踏入陌生人的故事。他每天最大的乐趣便是在工作之后独自寻觅美食。在平淡的工作和生活里，他遇到许多的客人、旅人、陌生人，一幕幕人生百态于眼前展开、收起、珍藏。如同每次工作后独自享用的美食，这些人事与美味，简单平凡，却蕴藏着咀嚼不完的层层况味。

作为高知女性，淑芬喜欢一个人独行。她热爱生活和享受美食的心无比地契合了《孤独的美食家》中伍郎的生活状态。在她看来，美食就是用来享受的，看着、闻着，甚至想着，都可以当作一种享受。

在喧嚣的大都市生活，淑芬把"吃"当作了她人生必须的一份修行。对于藏匿着各类美食的地方，她都如数家珍，一旦听说有新的美食，马上排上日程设法前往。她像一只嗅觉灵敏的猫，但凡那些美食飘香的地方，无论是遍布街巷还是隐匿于居民区中，都能被她很快发现。吃下美食的瞬间，她感觉浑身的细胞都在膨胀，觉得就是在品尝自己的人生百味，酸的、辣的、苦的、甜的，人生各种滋味，均在舌尖上荡漾。

一年的春夏秋冬，每个季节都会有不一样的时令美食。为此，淑芬不仅到处去吃，而且亲自去菜场或超市购买最新鲜的食材下厨烹调。为此，她给自己请来了多位虚拟的老师：食谱、美食教学节目、网络视频节目等，如果遇到餐厅美食大厨，她还乐此不疲地当面请教制作工艺，包括制作流程、火候、烹调工具，等等。看她朋友圈经常发来的系着围裙在厨房忙碌的镜头，恍然间觉得这个女人

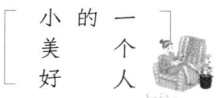

一个人的小美好

真是太会生活了!一个人的晚餐、一个人的浪漫、一个人的悠扬、一个人的婉转……一个人的生活迅速被美食环绕的世界点亮。

因为热爱,因为一份忠心不二的追逐,淑芬把一个人的日子装点得五光十色。她把享受美食当成了人生乐事,每天都充盈着无限的满足与快乐。

身边的朋友都爱和她在一起,有说不完的故事,有吃不完的美食,还有各种应有尽有的福利。谁会不爱她呢?过去人们眼中简单果腹的食物,到淑芬这里,便成了一份哲学与信仰。知书达理的知识女性身上独有的这份韵味,让人流连忘返。

享受美食才是人生的最高治愈

"不受时间和社会的限制,幸福地填饱肚子的时候,在那短暂的时间,他是随性而自由的。不被任何人打扰,毫无顾忌地吃东西,是一种孤傲的行为。这种行为是现代人被平等赋予的最好的治愈。"《孤独的美食家》片头语是如此激荡人心。虽然片名称是"孤独的",却被网友评为最充满人间烟火气的美食剧。

工作之余,脱下一身职业装的淑芬,也在这份追逐美食的烟火气息里面,把每一天过成与世无双的时光。

一个人吃饭,可以不受打扰,全情贯注在"吃"本身,尽情体会美食带来的快乐。有什么事情比取悦自己更重要呢?这是一个最寻常不过的周末午后,淑芬端上了她自己的"一人食"午餐:清蒸

海鱼、清炒丝瓜、泥鳅鸡枞菌汤,还有一小碗黑米饭。既养生,又养胃、美颜。先喝汤,再吃菜,一小口一小口地细嚼慢咽自己精心烹调出来的食物,让她觉得午后的阳光明媚极了。这是一个多么清丽的夏日,四周的一切都静默在食物散发出来的氤氲香气里,有说不出的曼妙与婀娜。

傍晚时分,淑芬会挽上竹篮,到附近的海鲜大市场去给自己采购最新鲜的基围虾。那是她多年来的习惯,晚上坚决不吃主食,而以青菜和鱼虾为主。手捧那些色泽光亮的活虾,淑芬眼前顿时浮

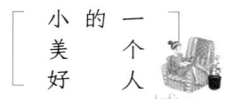
一个人的小美好

现了晚餐的红色餐盘和红酒澄澈。在不动声色的日子里面,她让自己的生活每天都充满仪式感,最精致的餐盘、最有质地的食材、最具匠心的调制、最虔诚的心态,绝对匹配得了她对于美食的那份赤诚之心。于是,霓虹闪烁的时候,她家的餐厅在橘红色的灯光中点亮,一个人喝着红酒、吃着鱼虾,一吞一咽中,流逝着最美的光阴,也留下最动人的时光记忆。

尽管热衷美食,但淑芬的身材却保持得非常好。这来自她背后的自律与坚持。多年来,她坚持各种有氧运动,跑步、游泳、瑜伽,都是她的拿手项目。当然,一个人的时候,她也会有自己的日程安排,比如边收拾厨房边练习提臀收腹、边拖地边坚持俯卧起立。一个既能享受美食又能时时处处注意保持自己身材的女人,显得特别认真而可爱。

淑芬说:"无论是怎样的生活状态,取悦自己、在充满仪式感的生活中安然度过每一天的时光,这才是最高级的人生治愈。"而我在想,世间唯美食与爱不可辜负,一个拥有如此境界的女人,她认真、她笃定、她执着,无论世事如何改变,她一定会在这样一份有品位的境界里活出自己想要的模样。

好样的,加油!

26

给自己办一次特别的生日派对

人生有些事,不能蹉跎

在三十岁生日即将到来的时候,优优决定要给自己办一场特别值得纪念的生日派对。

那晚,独自一人在家中看完王潇的《写给三十岁到来这一天》一书后,优优内心久久不能平静。随后,她就加入了趁早读书会,打算也要趁早做个活得精致的女人。

台湾作家龙应台在新书《天长地久》中也说道:"人生的聚,有定额;人生的散,有期程,你无法索求,更无法延期。这句话让优优的心顿时就动了,是啊,在人世间行走三十年,还未来得及与过去告别,今天就已经来到。对于未来的相聚与重逢,自己是否心底已经做好足够的准备?"

都说生活需要仪式感,优优觉得人生有些事,不能蹉跎。她下

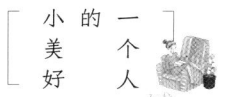

小美好的一个人

定决心,要给自己举办一次值得纪念的生日派对。

说干就干,性情爽朗、独立果敢的她立即召集了自己的两位闺蜜商议派对事宜。三人当即不谋而合,优优是执行总策划,负责牵头预定派对的酒店,邀请宾客准时到场;闺蜜芳负责定制物品、现场摄影摄像及现场礼仪接待;闺蜜莉则负责担纲主持人、预订鲜花及采购酒水、蛋糕等。

提前一个月开始准备,优优和闺蜜兵分三路,每天都带着朝圣的心情去迎接派对到来的那一天。在优优看来,每个单身女孩的三十岁都特别值得纪念,因为这也许是人生中最后一次可以真正随心随性的机会了,这是在给自己举办一场特殊的成人礼,也是每个女孩梦中的仙境。她一定要让自己以最美丽、最梦幻的形象出现在所有爱自己和自己爱的人面前。为此,她特别联系了服装定制公司,为自己制作了一件美轮美奂的宫廷公主裙——那是她儿时就梦想拥有的生日礼物,可是爸爸妈妈因为种种原因,一直未能让她如愿。同时,她还安排定制了生日专属的精致点心、餐具、红酒、糖果,包括纸帕,都是特别定制的。三十岁的她,要让每个人都看到自己特别的一面,而她也已经可以足够按照自己的心愿活着,未来的每一天更是如此。

同时,为了这次派对,她还通过多种渠道联系到了儿时的伙伴、家中的兄弟姐妹以及他们的孩子们、现在正在工作和生活上发生密切往来的所有知心的朋友。为了感谢他们的到来,细心的优优特别定制了生日派对邀请函,并用签字笔亲笔写下每个人的名字,仿佛在自己的生命印记里深深刻上他们的烙印,致电每一位相熟的朋友,请他们拨冗见证自己的"成人礼"。

闺蜜们自然是最懂她的人,了解她想要的是什么,一切亲力亲为,细致周全地考虑到所有细节以及有可能会出现的各种突发状况,力求以最好的效果送给可爱的美女寿星。做好这一切,优优和她的朋友们就开始静静期待生日那一天的到来了。

值得温暖一生的美好回忆

不用等到什么时机都成熟了再开始做一件事,在游泳中学会游泳,在开车中学会开车,摸着石头是可以过河的,前提是输得起。活在当下的优优拥有足够的果敢,她想要做的事情,一定会想办法做成,而且是做得漂亮!

生日当天下午5:58,大美女优优的生日派对准时开始。在暖场的20分钟里,优优的好友特别弹奏了《爱丽丝梦境》《祝你生日快乐》等曲子,在舒缓的旋律中,活跃气氛。

随后,在主持人宣布开场后,优优身着宫廷公主裙闪亮登场,她现场献歌一曲许茹芸的《美梦成真》,听得一众女友们既激动又感动。大家欢快地按下快门,留下美丽而动人的瞬间。

在众星捧月中,切生日蛋糕的环节到来了。美丽的公主和最爱的亲朋一起点燃三十岁的生日蜡烛,然后分享生日蛋糕,一起为未

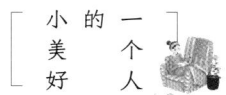

一个小的美好

来许下美丽的愿望。

接下来,是嘉宾品尝甜品及红酒环节。朋友们一起畅谈人生,抒发心怀,好不痛快。随后,在轻盈的音乐声中,男女嘉宾款款而上,开始轻歌曼舞,大家共同在这个浪漫的氛围里享受这个美丽的夜晚。

笑声不断、歌舞升平、快乐直奔云霄,优优的细腻与柔情,给所有的嘉宾带来不断的惊喜与感动。大家深情地拥抱她、祝福她,给她营造了一个被温情与善意包围的世界。这个夜晚的生日派对,是优优送给自己三十岁的生日礼物,也是送给所有亲朋好友的一份祝福。

派对结束后,优优回到一个人居住的家,这才发现,卧室已经摆满了朋友们送的各色鲜花。喝了红酒的她,带着微醺的状态给自己来了一次玫瑰芳香浴,随后在轻音乐的舒缓旋律中满足地悠然入梦。

这一晚,她收获太多的感动与祝福,也得到了朋友们的热情拥抱。她亲吻每个人的脸颊,感恩每个出现在她生命中的人带给自己的快乐与感动。她说会收藏这一生一世的美好,让自己更加真实可爱。未来的日子,她要更努力、更美好,让自己魅力四射,让自己成为大家心中最可人的公主。

这一次派对,也留给了朋友们无限的回忆。许多朋友说实在是太震撼了,优优不仅是给自己开了一场完美的生日派对,还给所有人留下了一场值得回忆的人生怀念。大家都佩服优优的才情与果敢，决心像她一样地活，把每一天都活出精气神，活出自己想要的模样，活出色彩和光亮。

次日醒来，优优依然沉浸在昨晚的美好中。如今踏上人生的新征途，她在心里对自己默默说：未来一定要每天都活得精彩、活得充实，不枉来过的每一天！

加油，我心中的女孩，加油，我心中的最爱。相信大江大河会给你气象万千的魄力，你这堂生命的课程一定会无比精彩！

一个的小
美   好

27

旗袍,诉说你的古典美

窗外,小雨淅淅沥沥。甘蓝身着一件淡紫色的旗袍,独饮一杯热茶,仿佛这崭新的一天,就如窗前的紫藤一样,延伸出一天的好心情。

上大学时,甘蓝看过张曼玉主演的电影《花样年华》之后,便开始对旗袍情有独钟。过去,她的装束一直都是以休闲为主打,直到看到张曼玉身着旗袍之后的灵动与优雅,她被彻底征服。她说:"那些叫醒世界的春风,那些在岁月的枝头萌动的羞涩,一同告诉我,得为自己来一次脱胎换骨。于是,我喜欢上了古典与端庄,我喜欢上了素雅而让人风韵犹存的旗袍。"

为了穿上心爱的旗袍,甘蓝特别定制了严格的身材管理计划,每天坚持运动一小时,绝不允许身上多长出一寸赘肉。十多年来,她一直保持着早睡早起的好习惯,身材也从未走样。这不,看她身穿一袭旗袍，婀娜多姿地走来，你便发现，"美丽"不是一句空洞的口号。瞧，她把发髻高高挽起，鎏金的簪儿已被岁月与光阴打磨得锃锃发亮。在内心，她对旗袍的钟情还寄托着一份女人特有的心思：在路上，是旗袍为我种下了一行行婉约的诗行，让光阴的味道清新而素淡，又是旗袍让我从容地走进人间风雨，因为梦醒时分，美丽的旗袍女人正如一道美丽的彩虹浮现在眼眸的前方。

多年来，关于旗袍，她也总结出了一套心得：

1. 气质发型 + 专属花色旗袍，打造优雅女人

侧分发型：无刘海发型更显出一种清爽感，将头发编成一条麻花辫然后扎出一款花苞头的造型，搭配上一袭碎花旗袍是不是很美？而且带着优雅，能充分展现出现代女性优雅大方的一面。

复古盘发发型：这是再合适不过的一款旗袍发型了。将盘好的蓬松发型点缀上华丽的发饰，端坐的姿势搭配上一款华丽的旗袍显得颇有高贵气质，又透着东方女性的古典美感。

波纹形刘海盘发发型：纯黑色更显气质，波纹形的刘海修饰出脸型娇好的效果，一款现代感十足的旗袍不但具有气质而且带着现代感，颇有韵味，甜美中带着优雅，很是迷人。

组合搭配：

青花瓷旗袍是特别显清婉的一种款式。不仅显得皮肤白皙而且很有气质，斜刘海盘发展现出温婉的淑女气质，而且青花瓷旗袍能展现出东方女性的优雅与气质感。

> 一个人的美好

荷叶花纹的旗袍,将姣好的曲线呈现出来,带着美人鱼的优雅,双马尾扎出来的盘发,十分可爱,这样整个造型显得很有灵性,是减龄修颜必备!

柔顺的齐刘海花苞头发型:这款发型加上发饰的点缀十分可爱甜美,与旗袍搭配起来特别显得有气质。所以整个造型十分优雅迷人,女人味也立显!

组合搭配:

中国风的绣花旗袍,缕空的白色带着一种优雅与古典,个性的

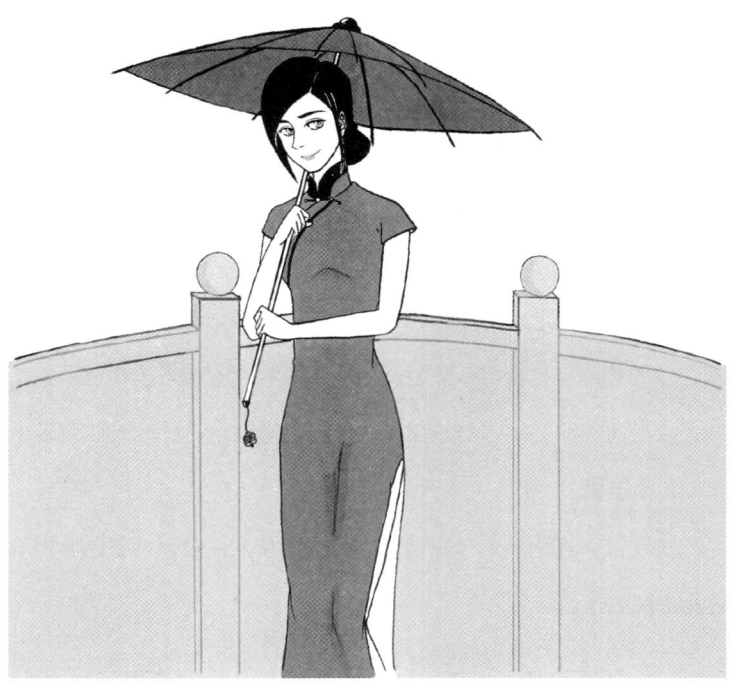

中分盘发发型，加上精致的妆容展现出一种复古的优雅，淑女的坐姿展现出名媛复古风。

颇具魅惑的一款造型，淡青色的旗袍与公主头的结合，很有古典范，露额发型更有清爽之感，很有气质。

麻色的旗袍很有复古风，再搭配上一款短的麻花辫，整个造型十分清爽自然，女生的造型看起来很显优雅。

2. 穿旗袍应该如何巧搭包包

旗袍搭配包包，主要考虑配色和款式，轻松化解搭配的困扰。

注意包包的款式，请收起大挎包、商务包，精致的紧身旗袍，会衬得体积硕大的包包笨重无比、不伦不类。小巧玲珑的复古款坤包、手包是女人身着旗袍后最佳的选择。

单色的服装搭配起来并不难，只要找到能与之搭配的和谐色彩就可以了，掌握以下三点就很容易实现。

方法一：正确选择包包的颜色。

单色旗袍比较好搭，只要包的颜色与其和谐就好。若追求淡雅，包的颜色可与旗袍一个色调，比如深紫色旗袍搭浅紫色手包；若追求活泼亮丽，则可尝试撞色，也就是对比色，比如天蓝色旗袍搭配粉色手包。

方法二：在已有的色彩组合中，选择其中任意一种颜色作为与之相搭配的包包颜色。

可以尝试在旗袍图案中任选一个颜色，作为包的颜色。比如旗

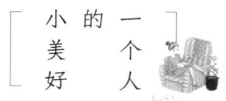

袍是黄底红花，那么，黄色或红色的包包都可以选择。

黑、白、灰是万能色，无论颜色多么花哨的旗袍，都可以轻松搭配。这三种颜色的包，用来搭配冷色调的旗袍，尤其出彩。

方法三：同样一件花色单品，与其搭配的单品选择花色单品中的不同色彩组合的搭配，不但协调、美丽，还可以变化心情感受。

掌握好旗袍与包包搭配的主色、辅助色、点缀色的用法。同时，还应该特别留意一下包包的质感。相比皮包，那种有珍珠、流苏等精致元素的手工布包，能让你的旗袍造型更加完美夺目。

3. 穿旗袍应该如何搭配鞋子

多年钟爱着旗袍的甘蓝，也总结出了旗袍如何搭配鞋子的诸多要诀。

要么光腿不穿袜子，要么穿长筒丝袜。透明肉色丝袜是首选，可以搭配任何颜色的旗袍。短袜，尤其是白色短袜，最好别尝试。

鞋子的讲究要多一点儿，以浅口、高跟的尖头或圆头鞋为宜。倘若你小腿线条匀称，穿平底鞋也行，但最好是绣花布鞋，这样才不会破坏旗袍的优雅。

鞋的颜色，要尽量选择和旗袍颜色相近的，或是旗袍布料上已有的颜色，这样才不会感觉突兀。

如果你的旗袍是红色的，选一双红色高跟鞋是比较明智的，它会让你看起来更加高贵出众。

金色、银色的高跟鞋也可以大胆尝试。浅金色的鞋子与黑色、红色的旗袍搭配在一起，会碰撞出令人惊喜的火花。

如果想要保守一点儿，就以白色高跟鞋搭配浅色旗袍、黑色高跟鞋搭配深色旗袍，这样虽然缺乏亮点，但不容易出错。真丝绣花鞋、丝绒缎面鞋高雅古典，亮光皮鞋则显得新潮时尚。

买鞋之前，最好多试穿，根据旗袍的质地、样式和自己的肤色选择最合适的一双。但愿你的鞋能为你的旗袍造型画龙点睛。

穿上旗袍，穿过世俗之桥，邀月对饮，岁月一片静好，那就打开心窗吧，让清风拂过小镇静谧的夜……

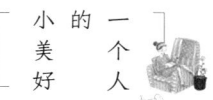

28

拥有一份独特的爱好

爱好不经意间,会变成照亮整个人生的一盏明灯

影视剧演员闫妮的独特爱好让我们所有人都甚觉大好——看碟。

多年前,为了追求自己的演艺事业,她离开家人,来到北京一人独自生活。不演出的时间,她喜欢淘碟、看碟、品碟。在这个物欲横流的社会里,她用这份爱好替代了许多的物质需求,用这份寄托消除了心中万千烦恼,由此具备了一个人打发时间的本领,也慢慢等待了人生的转机。目前,她在国内影视界已小有名气。

她说:"因为有影碟的陪伴,我丝毫没有觉得落寞。这份心灵的寄托让我变得平和、乐观、豁达、从容。"

初到北京,闫妮租住的房子并不宽敞,30平方米左右的一室一厅。但因为她爱看碟,就又特意隔了一间小房作为看碟专用。房间不到5平方米,一部影碟机、一台电视、一个台几、一张沙发。陈设简单,但这些都是她必需的。

在闫妮看来,影碟是一种特别容易收藏的东西,价格便宜、内容丰富。她收藏的影碟多是自己买的,少数也有朋友送的,慢慢积攒下来,后来竟也有一两千张了,都被她悉心地收纳在一个专门放碟片的箱子里。有时是晚上吃完饭后出外散步,顺便进音像店看看;有时是与朋友一起逛街时路过碟店,也进去淘。每次走进看碟的房间,抚摸着那一张张曾给自己带来无数个美好夜晚的碟片,心里都泛起一份别样的情绪。

大多数时候,她都是一个人在家看碟,收藏自己的喜怒哀乐。她常常是晚上在碟屋里独自看到深夜。看碟前,她会事先做好一系列的准备工作:在茶几上摆上一大堆的零食,有小核桃、瓜子、花生、话梅、桃等。奇怪,平时她是个不太爱吃零食的人,但每每到了看碟的时候,她就会一个劲儿地抓着吃的往嘴巴里塞。好的电影,让她深深陶醉其中,生活的烦恼和不如意,全都在一瞬间烟消云散。

两年前,在外地拍摄一部电视剧的时候,常常会有一对中年夫妇到闫妮所在的拍摄点来卖碟。她从他们手中买回一些影碟,趁不拍戏的时间看,觉得特别有滋味。或诙谐,或忧伤,或沉重的电影剧情将她带入了一个又一个奇幻的境界,将她身上连日来的疲惫和紧张一扫而光。这部电视剧前前后后总共拍摄了大约6个月的时间,

一个小的美好

但因为有了电影的陪伴,她丝毫不觉得漫长而空落。

一有时间,她就会去北京王府井大街上的三联书店旁边的一家音像店转转。店名或许都不记得了,那不过是一家再平常不过的小店,但因为去得多,她和老板也渐渐熟悉起来。每次去,老板都会给她推荐一些最新上市的好碟,或是老板新近发现的特别值得珍藏的碟。而她也总能有意外的收获,满心欢喜地掏钱买下,一路小跑地抱回家,满脸满心乐陶陶。

看碟真的是一种享受,可以让闫妮完全沉浸在另一个陌生的时空和世界,随着男女主角的命运忽喜忽悲,或慷慨扼腕,或心有戚戚,或欣然大笑,或潸然泪下,完全如梦一场。沙发上,可坐、可躺、可仰、可趴,舒服即可。不用上网,不发短信,看着别人的故事,想着自己的心事,外面的世界再精彩,我自南山采菊,做这样的傻子,真的是乐事一桩。在这个喧嚣的大都市里,闫妮多么庆幸自己还能拥有如此安宁的一片属于自己的世外桃源。

简单快乐,随性生活

闫妮喜欢看一些不太费脑子,但很容易被打动的故事。因此,国内外的一些老片子,自然能更受她的青睐。比如《勇敢的心》,她就很喜欢,这是难得的一部荡气回肠的好电影,看过多遍,每次都会被打动。她喜欢周星驰的无厘头,他用自我解嘲的方式讲述了一段段小人物的成长史,是真正的笑中带泪,看的人捧腹大笑,但眼里立即能闪出泪花来。国外的电影,她尤其偏爱一些老片,如《巴黎最后的探戈》《黑暗中的舞者》《布拉格之恋》《克莱默夫妇》,等等,那些名导演执导、大制作大背景的电影,确实有穿透人心的力量,值得一看。好的影片,她常常会翻来覆去地看上好几遍,还要和朋友们一起讨论。

成名后,很多人将她定位为"喜剧演员",认为喜剧是轻松幽默的艺术,相对简单。其实,自认长得喜感且总是满脸笑容的闫妮并不认为喜剧就一定比其他剧种好演。她常常说:"喜剧有一种节奏的变化,所表现出来的那种幽默与耍贫嘴、无厘头是完全不一样的。喜剧是能把很多东西糅合在一起的一种表演方式,但它同时也是一种生活的姿态。"看过太多喜剧电影的她坚信,喜剧不是生活本身,但它绝对更接近每个人内心对快乐的诉求。她还说:"生活有时是很无奈的,喜剧让我们欢笑,或许笑中带泪,但它带给我们的是一份豁达开阔的心态。"

生活中的闫妮,如果不参加什么正式的场合,几乎不化妆。她说自己就是一个特别普通的女人。一个人的世界里,她用电影的世界装点着五彩斑斓的精神生活。成名后,她的生活依然没有太大的改变,她说今后的生活该怎么过还是怎么过,不会与是否成名有关。

有朋友不解,问她为何不把自己打扮得精致一些出外应酬交际,而是闷在家里看碟。闫妮的回答掷地有声:"每个人对生活的

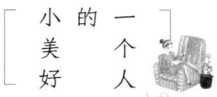

一个小的美好

追求不一样吧,对于我来说,我更看重内心的那份宁静和怡然。"

这么多年,我一直默默关注着闫妮的成长和改变,她几乎从未有不快乐的时候。无论生活境遇如何,她一直乐观地面对。她说,快乐是自找的,寻常日子能有一颗不寻常的心,快乐的氛围自己营造谁也夺不走。比如她爱好的看碟,任世事如何变迁,亦不改她心中所爱,让她变得丰盈而快乐。她也时常对身边的朋友说:"生活是琐碎的,要学会放大自己的快乐。感谢我的这份爱好,不仅让我渐渐具备了一个人打发闲暇时间的本领,而且让我从中学到很多、悟到很多,成为我事业不断取得进步的基石。"

29

自由出行的快乐主张

身体和灵魂，一直在路上

女友艾莲是个坚定的丁克族，几年前老公外出工作之后，她就习惯了一个人的日子。平日里，她跟同事一起上班下班，日子过得充实而快乐。每到节假日临近，她就会酝酿起自己心仪的出行计划。多年下来，无数次跟随旅游团游览国内、国外，她也逐渐摸索出了一套自己的旅游攻略。出行的路线、食宿、交通、当地特色与风土人情等，她已经能信手拈来一手掌握。在她看来，人生就是要走遍千山万水，到别人的世界去多走走、多看看，才会变得丰盈美好而没有遗憾。

2017年国庆节，艾莲早早开始准备。这不，为了避开"十一"黄金周的拥堵，距离国庆长假还有两天，她就提前踏上了去往越南自由行的旅途。

　　旅行的计划提早一个月便开始紧锣密鼓地实施，艾莲经过反复论证，确定了此行的目的地：岘港和芽庄。她要带着轻松自由的心情，去深情拥抱无敌的碧海蓝天，还有那让人发思古之幽情的古城以及那片都市人久违了的宁静。

　　起初在策划路线的时候，从没有体验过出国自由行的艾莲原本还有些担心，担心语言、安全方面的问题，但没有想到真正游玩起来，这些完全不是问题。快乐的心绪一直伴随始终！

　　这个快乐的女人用了7天时间，从南宁出发，先后游历河内、岘港、芽庄，再返回南宁，度过了一个欢乐的国庆假期，也为自己的人生增添了一份美丽的回忆。

为此，出行前，她做了详细的攻略。首先，她在淘宝上找了一家代办签证的旅行社，轻松办好落地签手续。其次，在交通方面，她直接购买南宁到越南河内的直通汽车票抵达河内，然后在网上提前半个月订好无缝对接各个城市之间的航空机票。在选择航空公司时，她特别全程选择了票价略贵的越南航空，因为能免费托运行李20KG，飞行比较平稳，准点率比较高，不会耽误后面的行程。在境外旅行，换币必不可少，在友谊关服务区休息的时候，她就轻松实现了超值换币。同时，为确保在外通信畅通，她还给自己在办签证的旅行社购买了一张7天无限量电话卡，不仅可以打电话，网速也不错，电话重启一下就有信号。出行期间，为避免语言不通带来的各种麻烦，她一直随身携带护照、复印件及机票/酒店确认单，遇到不懂随时询问他人。除了平常的行李物品以外，她还随身携带了胸包防止被越南当地的飞车党抢夺，同时还带着防水拖鞋、平底鞋、各类防晒用品、洗漱用品、各种防蚊虫叮咬的药物、常用感冒肠胃药、创可贴、太阳伞等。

在接送机服务方面，为避免语言不通、的士绕路等，艾莲提前在网上订好了全程接送机服务，安全准时，非常省心，也为自由出行的旅途增色不少。

走遍千山万水，才不负此生

河内作为艾莲越南行程的中转站，初到时还显得有些局促。

> 一个的
> 美好小人

很快,她便在天桥下打到了出租车,直接来到预订的酒店办理好入住。

次日清晨,艾莲坐车去机场乘机到岘港,一路上看着车窗外蓝天白云,感觉无比惬意。作为一座海滨城市,在这里享受阳光、沙滩与海风是必不可少的课程,正巧她到达岘港时天气晴朗,再配合蓝天白云,真是美极了。入住酒店后,艾莲临时决定去海边溜达。从酒店出来过了马路,对面就是有名的美溪海滩。美溪海滩被福布斯杂志评为"世界六大最美丽海滩",她刚一去,海水开始退潮,一浪接着一浪打过来,沙滩上形成很有规律的网格状,看上去非常有意思。岘港因海而生,因海而美,美溪海滩恰恰是岘港海滩最精华的部分。于是艾莲停顿下来,一个人静静欣赏、自拍,留下了许多美照。溜达完,她在酒店泳池边坐坐,望向夜色下的海滩,觉得人间真是快乐极了。

芽庄是越南首选的潜水胜地,水底清晰度很高,潜水是到芽庄必须参加的一个项目。到达芽庄后,艾莲马上约好了出海一日游,教练文文是安徽合肥人。当天海上下点小雨,但风浪不算大,水性不好的艾莲决定进行一次深潜。经过教练简单的讲解,艾莲换好衣服,腰上绑了很重的铅带,顺着船梯下去,教练帮忙戴上氧气瓶,艾莲慢慢被拖到海中间,开始进行嘴巴呼吸。

在海底,她看到了珊瑚和小鱼,仿佛见到了童话世界中的海底世界,特别新奇。教练赶紧拍照,留下了许多宝贵的照片。

在海底游弋结束之后,她次日一早去了巴拿山。去巴拿山游玩简直就像来到了世外仙境,远处的云雾随风飘来,仿佛腾云驾雾一般;生机蓬勃的原始林空气清爽宜人,犹如置身于大自然的天然氧吧。

一路奔跑着,她来到了传说中的会安古镇。这个小镇位于越南中部、距岘港30公里处的一个海边,距离市区大约半小时车程。会安古镇是一个很有味道的古镇,夜景非常美,满大街都是特色的灯笼,折射出一种朦胧的美,有人说会安和丽江是相似的,汇集着一方水土集聚起来的文化气息,会安除了老房子多、奥黛多,满街都是裁缝店,灯笼也多,老房子挂着美丽的灯笼,拥有仿佛与世隔绝的宁静,这是会安的特色。大的、小的、圆的、尖的,还有橄榄形的灯笼,让会安古城成了灯笼的世界。都说会安夜色撩人,爱好旅行的她又岂肯错过这般美景?走进古城,她仿佛走进了灯彩的世界,这儿的灯笼果真如传闻所言,美轮美奂。

越南之行的一路上,艾莲不仅来到了自己期待中的景点,在美景中流连忘返,留下美丽的倩影,还品尝了当地独具特色的美食:越南香菜、越南米粉、越南有名的滴漏咖啡、甘蔗汁、椰子果冻、炸馄饨、越南法棍等。置身异域他乡的风土人情里,她不停地回味,总会不自觉地想到家乡,越发觉得"月儿还是故乡明"。人生在世,在自己最好的年华里面潇洒出发,看遍人间风土人情、品遍世间各色美食,才是真的不枉此生啊!

小美好的一个人

30

活出女人的活色生香

选择在树林里穿梭的人生

三十二岁,依靠自己的努力过上了富足的小康生活,每天挥着高尔夫球杆与全世界的顶级富豪们同场竞技,谈笑风生,不费吹灰之力。这样的生活,对一般的女人来说,是如此地梦寐以求。

可是置身于此的潘蔚却有着一份让人感动的谦逊与柔和。和她对话,你丝毫不用担心跑题或是思想略微开个小差,因为她是如此的天马星空,如此地细腻体贴,虽然语速极快,但句句经典,让人顿悟,启发良多。

最早,她在地方台当主持人,每日的工作忙碌,过着当地人很是艳羡的生活。可她不喜欢那种一眼望穿未来的生活,她更期待自己的人生像一片树林,而她可以在这片森林里兴致勃勃地穿梭,不知道前面会碰到什么样的树、什么样的人,可还是会被自己的执着不断感动。

于是,她怀揣梦想,远离了亲人,独自一人来到北京。那是一段终生难忘的经历,虽然苦,但当时丝毫不觉苦涩。享受第一次坐飞机时的喜悦,体验一无所有在外漂泊的辛酸。

几年后,她成为北京一家卫视的高尔夫节目主持人。乐观的潘蔚是个超级会过滤的人,所以她内心才一直葆有纯净,连笑声都是纯天然没有污染。

走近潘蔚,你会感觉她如午后的阳光一般,温煦、优雅、从容,毫无张扬。所以,她的人缘极佳。无论她走到哪里,都是笑声一片。而对此,她形容为"能给周围人带来快乐的人,实为功德无量"。

和潘蔚在一起,无论聊天、喝茶、看电影、品书,都可以无时不刻感受到她内心由内而外散发出来的那一份平和与从容。最近,她迷上了一本书《当下的力量》。她说:"她从书里面学到了许多,人的快乐来自内心,你快乐了,没人滋扰你;你不快乐了,也没人抚慰你。一个人当你可以从生命的尽头去看待过程的时候,你的内心才会平和,才会坦然。邂逅一本好书,就如同邂逅一个人一样,可以让你瞬间怦然心动,捂在温暖的被窝里,望着窗外丝丝缕缕飘洒的雪花,或开怀大笑,或若有所思,实在是美妙无比。"

人说聪慧的女子,不在于她表面的功夫做得有多深,关键在于她是否注重自己内心的修炼。潘蔚正是这样的一个女人,她很看重

一个小的美好

自己内心的观照，很乐于倾听自己内心的声音，对美的东西，她都来者不拒。比如她新近迷上了昆曲《牡丹亭》的青春版，逢人必侃侃而谈，美轮美奂，妙语连珠。同时，她还是各大电影院的常客，只要有大片，她必火速赶往，她说："独乐乐不如众乐乐。"

她是一个善于自我解嘲的人。有朋友打电话给她，问她在哪儿，她回答："在家游荡呢！"对方哈哈大笑，她一本正经："真的。"对方更乐了。有时和朋友们在一起，朋友说："瞧你，腿多细啊！"她马上接茬儿："您说对了，2019年新款！"直把对方逗得满地找牙。人要勇于自我解嘲，人生修炼的最高境界就是让周围的人都快乐。

潘蔚兴趣广泛，所以她从没有打发时间的顾虑。她有太多的事情要去做：冬天滑雪，玩最刺激的单板，可以让尖叫达到数百分贝；夏天打高尔夫，每天穿过高级酒店的长廊，一路舒展筋骨，挥洒自如；平日里随时随地地健身，压腿跳舞练瑜珈，在大汗淋漓过后释放自己；与女友们一起喝下午茶，看电影、聊天、品书、品人，谈八卦，生活情感工作样样皆来。此后的日子里，她还有许多想去做的事情：学钢琴、练毛笔字、学画画、进行中国文学史研究、考古、做手工、做志愿者等，太多太多。她说："从离开家乡的第一天开始，我一直都在路上，从没有停下来过。"

女人就该摇曳多姿

潘蔚是个特别懂得生活的女人。她喜欢室内装潢，一手打造的家装设计出手不凡，让她的家成为时尚家居类杂志瞄准的对象；她喜欢做饭，隔三岔五就呼朋引伴在家中聚会，她亲自下厨，为大家呈上一桌美味的家常菜，最拿手的是家乡的红烧小黄鱼，心血来潮泡上风味独特的水果茶；她喜欢健身，每周三次健身房训练，除了人在国外，否则雷打不动；她还喜欢阅读，案边常备一本读了N遍的《今生今世》（胡兰成著），床头永远放着《纳兰辞》……

对于设计家居，她说自己设计的也许不是最专业的，但却是她最喜欢的，她对家居用品的细节相当苛刻。每到一处，她都会给自己带回一些喜欢的、用得上的家居用品，比如一盏台灯、一张桌布、一个蜡烛台，也许不是最奢华的，但必是自己心仪的。

独立的女人，必然有独立的财政。聪慧的潘蔚依托自己的独立果敢在股市大赚了一笔，同时还打理着其他的一些事务，她的经济收入足够让她过上富足的生活。对此，她的态度是"合理地使用金钱，但不会被金钱奴役"。如果人可以用金钱让自己活得更开心，为什么不呢？少一些俗世的忧虑，才可以活得更自我。

活得好，活得开心，人生最要紧的是健康。懂得享受生活的潘蔚，特别提倡有机生活，所以她最向往的就是将来有一天，可以在澳大利亚拥有自己独立的农庄，可以当一回纯粹的农民，吃到没有

一个美好的小

农药污染的蔬菜瓜果,可以呼吸到清新的空气,可以沐浴到最明媚的阳光,那样纯净而简单地活着。所以,在她家里,所有的日用品都是纯天然的,没有污染的,为此,她甚至不惜高价从国外购买。偶尔在家做饭的时候,她都选择去有机超市买菜,然后很认真地烹调它们,让食物在肚子里消化的时候,内心感觉是安全的,以及发自内心的快乐。所谓的营养搭配,所谓的色香味俱全,远比不上安全来得更熨帖。

乐于环保的潘蔚,出门购物,从不用一次性塑料袋。她随身携带方便筷,拒绝使用一次性碗筷。如果有车出行,她绝不允许浪费存在,"省油环保"的概念在她脑子里根深蒂固。许多在国外养成的好习惯,已经潜移默化到了她的生活状态里。

对于"幸福"的定义,潘蔚说自己最大的快乐就是可以在夕阳西下的时候,躺在沙发上,和志同道合的女友一起聊天,一起同声应和,一起开怀大笑。这样的感觉最是惬意,带着一颗感恩的心,平静怡然地去期待明天。女人就该要活得如此摇曳多姿!

做奔跑的兔子！
请给我努力之后的运气

　　越努力，越幸运。没有欢笑的时光，是虚度的光阴。纵使一个人生活，也要积极欢乐，做一只奔跑的兔子，于阳光、进取中塑造快乐爽朗的个性，于果决、爽利中确定进退取舍的原则。有思想，有才情，集美丽与优雅于一身的女人，怎么会不拥有努力之后的幸运？

31

兰心蕙质女人花

活出女人最美的状态

再次见到晓迪,已是分别十年之后。当她一身白色长裙出现在我面前,扑面而来的就是她身上带来的淡雅清香。一如她最爱的荷花,清新脱俗,散发出迷人的女人韵味。

自2003年离开家乡到杭州求学,到2013年创立品牌连锁养生机构,晓迪十年磨一剑。

从浙江大学国际经济与贸易专业毕业后,晓迪很快成为人人羡慕的职场丽人,在世俗人的眼中,她过上了很多同龄女孩梦寐以求的都市生活。但生活的甘苦,只有晓迪明了,那些无数个熬夜加班的夜晚、每天早上睁开双眼后的茫然与恐惧深深地折磨着她。数年后,这个有绝对定力和决断力的江南女子很快做出决定:她决心认真做好自己喜欢的事情,活得放松而自然。

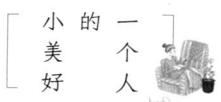

一个小的美好人

晓迪常常说自己就是养生馆最好的代言人,"我进入健康养生这个领域,最初就是唯愿自己美貌年轻常驻。"2009年,她发现自己因为长期熬夜加班患上了严重的早衰,果断辞职之后,她开始接触到道家传统养生调理,只用了三个月时间,各项指标均恢复正常,她又变回了那个气脉畅通、面色红润、体态轻盈的健康少女。

"道家养生讲究气和能量,包括道家师傅的艾灸、经络推拿,当时确实震撼了我。"为了把自己受益的养生方法带给更多人,晓迪开始了她的寻医问道之路,遍访民间高人、拜老中医为师学习。2013年12月,她在莲花水榭、茂林修竹中创办了完全走道家和传统中医路线的道家养生馆。

三年后,秉持"您身边的家庭中医"理念的中医诊所陆续出现在杭州中山北路和文一路。两家诊所各有侧重,针对不同疾患对症下药,遵循天人合一的道家生命哲学,提供安全可靠的专业中医诊疗,将治疗和养生、食疗、功法、中医文化有机融合。

自最早接触道家,到如今的了然于胸,晓迪坦然自己走过的心路历程:"最早接触道家的东西,似懂非懂,觉得很玄妙,被这种神秘感吸引;后来想要弄清楚,就去学了逻辑更清晰的中医;现在,我开始再回头去看道家的理念,'玄之又玄,众妙之门',"道"是大智慧,但需要实修来体会。由道入医,或者说由医入道也好,道心是来源,也是归途。"

从养生馆到中医诊所,晓迪也曾忐忑不安,怕自己太过年轻,担心自己福德不够。直到2015年，她正式取得卫生部门颁发的诊所执业许可证，这个想法才浮出水面。恰逢这时候，她接触到了一批有理想也很有能力的青年中医，为此，中医诊所的开张才成为现实。

从中医传承和发展的特点出发，晓迪一直把人才培养放在非常重要的战略位置，制订了独特的青年中医师培养计划，从道、法、术、器四个层面全面提升青年医生的业务水平。晓迪说："我们针对医生助理有六个月培养方案，针对初级针灸师有十二个月培养计划，针对经典经方有三年师承班、英才班。这些方案都是我们自己琢磨出来的，也为医馆的发展培养了优秀的人才。"

不同于普通诊所，晓迪的中医诊所尤为强调的是体验感。每次有新的病人进来咨询，总是不大相信这是一间诊所。用她的话来说，"我更愿意做一间五星级诊所，让病人享受到一对一的治疗服务"。她的中医诊所实行预约制，每个月一般到第二周，这个月的预约就会排满，而且每个月病人的就诊率可以达到95%。

对于中医诊所的所有产品和服务，晓迪都会参与研发和试验，从自身受益开始再推荐给客户。诊所的课程，很多都是她根据自己学习收获来安排设计，主要针对中医爱好者。课程设计的方向，都是希望能为大众传递一些正确的健康观念，了解一些家庭自我保健养生方法。

晓迪活得纯粹而通透，依托自己钟爱的事业，她拥有了健康和

美丽,也缔造了幸福美好的个人生活。长期与道家文化打交道的她崇尚随心怡然,过着清净雅致的生活,一个人的世界呈现五彩斑斓的光彩。她借用张至顺老道长的一句话,"我们在人间的一切,都是精气神换来的。"迅速勾勒出我们心中健康养生女掌门人的内心世界。

用出世的心,做入世的事

数年来,晓迪事业独特的品牌文化,一面是传统、质朴、出世的精神追求;一面是自然、健康、积极的生活态度。她说:"都市人群生活压力大,我们医生看诊的时候,除了给予药物、针灸治疗,也会花很多精力跟患者沟通,给他们安慰和信心,让他们放轻松一些。其实这些精神上的疗愈更为重要。"

晓迪也一直在用各种方式传达自己的生活态度。无论是拍摄"节气膳方"系列视频,还是策划"到山里去"行养活动,都是希望引导都市里的人群活得更自在一些。

未来,晓迪希望能够解决中药炮制的问题,就是按照医生对经典的理解,复原出地道的、传统炮制的优质中药。为实现这一目标,她将涉足中药饮片加工,也就是说布局上游产业。

"未来三年,我希望中医诊所能在杭州的东南西北中建立更多小而美的分店,让生活在杭州的朋友能够很方便地找到我们。从经典模版到复制,系统化建设是我们目前的重点。"这不仅是她对朋友们说的话,也是她未来生活里的小愿望。对用出世的心,做入世的事,不执着于得失成败,反而更能活出真正的性情。晓迪的话,深深触动了我。

在她看来,人一定要正视自己的欲望,是不是想要的太多,对名誉物质太执着?这样想的时候,就会有"出世"的心态,也就不那么在意眼前的成败得失;做自己真正有生命热情的事情,就能积极地"入世"。能够在"出世"和"入世"之间做到平衡,就是人生的智慧。

在这样一个漂泊且喧嚣的年代,很多人活得辛苦而无奈。对于养生心得,晓迪认为养生要顺其自然,要学会倾听自己身体的声音。她说:"养生关键在养心,没有什么奥妙,好好吃饭,好好睡觉,这些简单的道理其实大家都知道,只是做不到。为什么做不到呢?因为想要的太多,欲望太多,心不清净。"

在快节奏生活之下,晓迪提议每天静坐或者站桩七分钟。如果这个也做不到,那就早点睡觉,好好吃饭,别的就不要去想,也不要懊恼自己没做到。

崇尚道家"清净无为"思想的晓迪对于诊所的管理从未刻意。在她看来,开医馆首先要把病看好,其次如果还能给患者带来一些关怀、安慰、鼓舞,就很不错了。她说:"我相信,每个人把当下的自己的职责做好,企业就会好,社会也会好。"

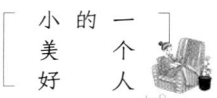
一个人的小美好

32

锻造善良包容的心

在旅途中发现善良的美好

上个月,苏斓刚刚过完自己三十岁的生日。在她看来,人生最大的乐趣就是"行万里路"。

在她的人生履历上,赫然书写着一个大大的英文单词——Travel。在她的定义里,这个词与Journey、Tour、Trip这三者有着天壤之别。Travel是自由自在、无所拘束地享受自己想要去寻访的世界,是在自我的世界里徜徉、寻求与外界的温柔对话。

苏斓说:"我们享受旅游,首先要知道任何工作、任何角色都不是非你不可。旅行的意义,首先是增长见识,只有看遍了世界才有底气。其次是重新审视自己的内心,走出困境。然后是了解自己,了解自己的想法和实力。"

人说,读万卷书,行万里路,身体和灵魂,总有一个得在路上。旅行是最能够启发人性，也最能真实挖掘人的内在潜能的一种方式。多年来人在旅途的苏斓是亲身体会到了。

在一次旅行中，她遇到了这样一件事情：在机场的洗手间，她看到一位母亲抱着不到1岁的女儿正急匆匆往洗手间赶，不料孩子等不及，直接就尿在了大家随行而过的地板上。年轻的母亲很是尴尬，四处张望，试图寻找拖把或是其他物品可以擦拭地上的尿渍。苏斓马上走过去，对她说："没事，你抱着孩子不方便，我来帮你吧！"很快，她在洗手间门口的隐蔽处找到了海绵拖把，然后擦干了地面。不到一分钟，一位白发苍苍的老奶奶快速走了进来，孩子的母亲一边说着"好险！"一边连连感激，而老奶奶也朝她竖起了大拇指。

数天后，她在大连海边度假，不巧遭遇了雷暴天气。一冷一热的温差变化过大，让她患上了重感冒。在此之前，她收到酒店客服留下的纸条：衣物已经拿到楼顶晾晒，傍晚会收回。为此，她特别给客服人员打了五颗星好评，也因此对方感激在心，见她感冒，专门为她煮制了生姜丝红糖水送到房间。她端着热气腾腾的生姜丝红糖水，觉得仿佛握住了全世界的温情与美好。次日退房时，她专门给酒店写好了一封感谢信。三天后结束旅行，她收到一个包裹，发现居然是自己遗失在酒店的白金项链。

这就是善良的妙处。在那些隐蔽的、看不到的地方，它带着人性的渴望，穿越现实的风尘，将美好推送人前。这也就是人们常说

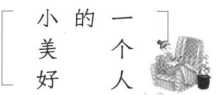

做一个小的美好

的"好人有好报"吧!

选择做一个好人,选择做善良的事,只是因为这是对的。不必拥有轰轰烈烈的壮举,亦不必有太多华美的装饰。最高级的善良,往往是静水流深般表达,是不动声色地对人好,让对方瞬间捕捉到人性的光芒。

曾看过一句话:真正的善良,是行善而不扯起善良的旗帜;是风光霁月,暗室不欺;是积德不需人见,善意匡如清流。

我深以为然。愿我们都能用自然而然的真诚，安安静静行善，悄悄送达又恰到好处。

任你心中气象万千，包容和谐来制衡

数月没见，苏斓坦诚自己有点"受伤"。原来两年前，有共同熟悉的同学兼好友遇到资金困难，找到苏斓的闺蜜借钱。闺蜜二话没说，将钱转了过去，此后碍于情面，从未主动讨要。直到近期，闺蜜家中有急事需要周转，她多次催要，但是对方一直拖延，其间电话不接、短信不回，拖到了闺蜜感觉要钱无望了。恰巧闺蜜出差在外，内心焦急，喉咙发炎无法出声，跟苏斓倾诉。因为她们三人是多年的好友，苏斓对此事知根知底，心疼闺蜜的境遇，心直口快的她当即表示要为友情出一回头。她客客气气地在微信上跟对方说了一声，没料到对方一句话："这话，不需要你来说吧？"

一下子，万箭穿心，伤了她的心。毁于一旦的，还有三人之间二十二年的同窗情谊。从少年时期走来的一路风尘，到结婚生子后的相惺相惜，不过为了区区一点金钱，就把人性看了个通透。

也许有人会说，多年未见的故人，谁知道在这个现实的世界会变成什么样。这年头，借出去的钱，谁能指望一定收得回来？也许，苏斓这样的女人总会被人说是"太过单纯与善良"。但是借钱本身都是出于人与人之间的真情意。人生在世，谁都会有遇到困难的时候，如果说连帮助朋友都不再敢，那么人和人之间还有什么扶

一个小的美好人

持和搀扶可言?哪里的人生不苦?友情的力量,是多么温柔无声地滋润了她丰饶的心田!

但是苏斓还是包容了。在当日她发出一条"为一句话伤了心"的朋友圈,弄得同事领导纷纷关切询问。当晚,她悄悄地在内心与故人挥手告别,亦对自己为闺蜜的仗义相帮拍手叫好。入睡前,她在内心与自己握手言和,不纠结、不烦恼。即便善良,即便包容,她也要秉持自己做人的尺度,过好当下。值得维护的永远在心底,不属于的终会烟消云散。

周国平在其著作《灵魂只能远行》里说道:"真正的成熟,应当是独特个性的形成、真实自我的发现、精神上的结果与丰收。纵然女人有一颗玲珑剔透的心,包容和善良是我们毕生修炼的功课,但是我们也将最后活出自己的内心,为我们所爱和爱我们的人描绘出浪漫的色彩。"

任你心中气象万千,包容和谐来制衡。我们终其一生,就是为了摆脱他人的期待,找到真正的自己。"善"来自内心,"良"来自行动,但是也不是无原则的退让。当心灵受到伤害,女人一定要学会及时解脱,让自己真正地走出来。

愿每个女人都能锻造一颗善良包容的心。

33

美女厨娘的精致玲珑

做菜是一件很快乐的事情

初见大菜,眼前顿时为之一亮,美女哇!她皮肤白皙光洁,身材婀娜,举止优雅,你完全无法将她与"厨娘"联系在一起。谁说漂亮的女人不擅长做菜?谁说厨房就该是污垢横生、油烟弥漫的地方?美女厨娘大菜会告诉你,做女人,不仅可以很漂亮,还可以很精致,用芊芊十指打造属于精致女人的玲珑生活!

大菜生在成都,长在成都,爸爸妈妈都烧得一手好菜。作为家中的独女,她从小耳濡目染,起初是围在厨房偷师,后来就干脆自己买菜谱照着做。8岁的时候,看到外面卖的玉米饼,就和小伙伴一起买了玉米面自己回家做,折腾一下午,居然味道还不错。久而久之,厨艺见长,乐趣横生。

小美好 的 一个人

大菜笑着说:"我觉得做饭是种乐趣,有悬念、有创造性,还能共享。"

在大菜看来,厨房收拾得干净就不会脏,脏是因为收拾得不好。而在妈妈那里,大菜从小就养成边做饭边收拾的好习惯,饭做完了,厨房亦洁净如初。

兴趣是最好的老师。大菜用一双巧手,还有一颗真诚的心在厨房认真地忙碌,她说:"烹饪不仅需要巧手、耐心和经验,还需要对生活的热情和对食物的珍爱,如果能将自己对生活的热情倾注到烹饪中,就能让每一道家常小菜都充满感性。"

作为专业的室内设计师,在装修新房时,大菜自然将厨房看成重中之重。与一般人追求时尚美观不同,大菜最看重的是功能。为此,在厨房设计之初,她就精心地想好了自己的各种物品该怎么摆放,并根据生活习惯和烹饪习惯,将功能分区做好,并做出初步设计量好尺寸。大型、固定的电器,比如冰箱、烤箱,以及一些需要固定的厨房用品,比如米箱、拉篮等,她都提前去市场选好,确保装修时设计师做出合理精确地设计。

大菜常常说:"做菜应该是一种享受,赏心还要悦目。"所以,她对厨房的光线很是苛刻,她选择简单大方,白釉面瓷砖、柳条纹面板橱柜、乳白色吊顶、孔灯连排,确保晚上开灯做菜的时候,光源是充足的。

起初,大菜家的厨房是个细长条,因为她做得一手好菜且又喜欢邀请朋友来家里吃饭，这样逼仄的空间显然是不够的，于是她将厨房和隔壁房间之间的墙打掉，变成了一个开放式的厨房。一来，做饭的时候不会孤独，二来自己也可以随心所欲地在宽敞的空间里自由创意。

如今生活在北京的大菜，但凡是她的好友，都会被邀请去她家厨房参观。宽敞明亮，布局合理，舒适方便，果然是专业设计师的水准。

厨房里越折腾越快乐

对于大菜来说，做菜的快乐和生活中其他的快乐是一样的，是生活的必需品。爱好旅游的她，每到一处都会去逛一下当地的土特产，有时甚至会租下当地的民房自己做菜。

在厨房做菜时，大菜很是专注。正式开工前，她会先打开电视，让自己在厨房一边忙碌，一边听新闻，或者听广播。她动作利索，整齐有序，所以不太愿意别人帮忙。她刀功极佳，朋友看过都说她切菜是"童子功"，一看她切菜就认准了她的贤惠。

在厨房，大菜算得上是能折腾。她曾经试过用不同的方法做同一道菜，比如蚂蚁上树，菜谱有的说粉条要先炸，有的说不用，最后，她把每一种方法都尝试了一遍。

对于买菜，大菜有自己的取舍。蔬菜水果去附近的农贸市场买，鸡蛋、肉去超市买。做菜时，挑剔的她会尤其注重每道菜色彩

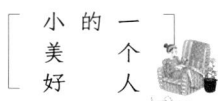

一个人的小美好

的搭配，比如她会为了买一个红椒，跑好几个摊点。她还喜欢搜集调料，对没有用过的特别喜欢尝试，每去一地旅游都会买回许多当地的调料。她还曾经去泰国买回很多当地的调料，所以现在做起泰国菜就很是方便。

大菜强调说："做菜好吃是关键，但是哪怕自己吃，品相也不能马虎。"

做好饭菜，大菜会拿来相机，对着不同的角度拍照，再传至博客。很多网友都以为她是专业摄影，但她却说自己只是随便拍拍。只不过，她确实是看过很多的美食书籍，学到了一些拍摄技巧而已。

平日生活忙碌，大菜会尽量把生活安排得舒服一些，比如她会在周末炖一锅牛肉，分装成小盒，冷藏或者冷冻起来，平时回家烧开，加入蔬菜就是一锅很香的红烧牛肉。

在大菜的手下，每道菜仿佛都是一道工艺品，色彩明丽，精美玲珑。她常常说："食物也是有灵魂的，爱戴它、尊重它，它会给你呈现出五彩斑斓的姿态以及美味的酣畅。"但制作它们，她却并不特别费周章。约摸三四十分钟，两菜一汤就热气腾腾地上了桌。这时，她会精心地摆上碗筷、倒好红酒，一个人欢天喜地地开吃。

我喜欢听大菜这样说，"做饭的过程是享受，吃饭的过程更是享受。做饭是为了吃，所以怎么吃得愉快是关键。"为了这份愉快，她会精心地布置餐厅。在她家，厨房和餐厅是通的，中间有个大的料理台,料理台上有电视,餐厅厨房都看得到。餐桌比较大,这是为了方便朋友来吃饭,整体设计虽然简约,却足够舒适。

在大菜的餐桌上,常年都摆放着新鲜的花。善于持家的她,一般尽量不去买花。对生活品质有要求的她,专门在自家一楼的院子里种了很多花草,所以一年中大部分时间都可以用院子里的花来装点餐桌。

因了丰富的人生阅历和独特的艺术修为,她的菜品呈现出多彩多姿的风景。即使是最平常不过的家常小菜,在她的精心料理和优雅解说下,也会显得立意高远,卓尔不凡。高山流水,小桥人家,只因那份用心,那份挚爱,显得无比真实又令人感动。那一道道精致的菜式,一张张精美绝伦的美食图片,让人馋得口水直流!

数年过去,她依然专注地做着美女厨娘,为自己奉上一份份既养眼又可口的食物。这样妙手可心的女人,又怎能不让人心动呢?

一个的小美好

34

敞开你的世界

人生就是一场修行

多年未见,当苏锦再次出现在我面前的时候,我不禁惊呆了——岁月,仿佛不曾在她脸上留下任何痕迹!

寒暄间,很自然地问起个人话题。她告诉我,如今还是一个人,但是早已经习惯并享受。

用苏锦自己的话说,二十八岁以前,她仿佛就已经过完了自己的前半生。二十五岁那年,她应父母要求,与一位同样为应付父母的男士相亲——彼此目的很单一,奔着结婚而去。两人简单接触后,双方父母就开始催促婚事。于是,对婚姻和爱情一脸茫然的苏锦就这样被半推半就地披上婚纱当上了新娘。苏锦性格淡然,对很多事情本就不拘一格,心想浮躁的尘世本也难找到真正如愿的伴侣,不如找个人就嫁了吧,至少可以满足一下父母的心愿。本以为门当户对就一定可以缔造美好生活,没想到婚后的生活让她大失所望,两人的价值观存在明显差异。男方对她始终像陌路人一般冷漠,两人就像是寄居在一个屋檐下的两只巨蟹,彼此相对两无言,各自视对方为空气。半年后,因为男方家的一次意外事故,两人的婚姻也戛然而止。

此后,她消失了。没人知道她去了哪里,身在何方过得好不好。那段日子,她也不更新朋友圈,加上投资亏损,与合伙人三观不合,在婚姻与事业的双重打击之下,她独自一人上了武当山修行。此后偶尔在朋友圈捕捉她的音讯,都是佛系装束,朋友们也渐渐从震惊转为接受,毕竟每个人都拥有自己的生活,旁人无从干涉或评说。

在武当山的三年时间里,苏锦放空一切,潜心修行。她远离红尘纷扰,跟随师傅学习道家养生之道。过去,因为工作和生活的压力,她长期熬夜失眠,导致精神萎靡不振,多次寻医问药无果。在武当山,她排空了内心的所有负面情绪和压力,每天晚上九点入睡,清晨五点醒来,慢慢地通过饮食和适当的运动调养自己,竟也渐渐好转而后康复。

三年的时间一晃而过,苏锦学成归来。回到现实的世界,她决定过能够自主掌控的人生,于是,经过多方考证,她决定进入广告界。

一个人的小美好

放开心灵，收获快乐

谁能想到，不过就是三年光景，苏锦便打出了自己的另一片江山。在竞争激烈的广告市场，她比一般人更能想办法，比一般人更能吃苦。

初期，她没有客户，没有现成的人脉，就想到了一个办法，照着电话本上的号码一个个打过去。时间久了，她也慢慢摸索出经验，一天大约打50个电话，但总会有3~5个愿意接受拜访的。面对每一个给机会的客户，她都诚意满满，永远提早到达等候，时间久了，便也如期收获到一个个订单，而后也跳槽到了更好的广告公司。

在研究广告客户心理的时候，她读到了一本书《人性的弱点》，为此，她如获珍宝，学会了如何以最短的时间研究客户心理，以最有效的方式实现订单。

在经济收入逐步好转起来之后，她通过《穷爸爸富爸爸》这本书也学到了投资理财的理念。在她看来，任何资金只有合理的用度，才能让它进一步地保值增值。于是，在武汉市房价大涨之前，她就购买了多处房产，如今身家已超千万。认识她的人都说她非常了不起，而我知道，她一定是用智慧战胜了时光，也一定是用自己的从容优雅赢得了掌声。

人说美好的事物都是吸引来的。因为苏锦的这份努力和优秀，她的身边很快聚集起一大批同样快乐且优秀的人。从客户到朋友，从朋友到知己，苏锦在享受友情滋润的同时，也温润了自己的内心。用唐代文学家刘禹锡的话说，"谈笑有鸿儒，往来无白丁"。热闹的生活之下，苏锦变得热情、爱笑，她的世界从此豁然开朗起来。

如今的她，过着有品质的生活。因为要接待客户，她妆容得体、举止优雅，开着一辆奔驰商务轿车，有时间就出入高级会所，身边的朋友也都是有品位的高级知识分子。有时间，她就会约上三五好友，在自家的院子里面聚会，品尝红酒、咖啡，喝下午茶，开读书会。近期，她还迷上了各式精油，学会了调配，经常在家自己做SPA。在可以自主支配的时间里，她还会选择和朋友自驾出行，旅行三五天归来之后，会把自己出外旅游的照片挂在家里的墙壁上，与志同道合的朋友们畅聊她的见闻和感受。有时间，她还会参加一些公益活动，为留守儿童和失独老人献上一份爱心。她说，过去在乎的是自己的外貌，美容护肤、健身、逛街等占据了太多的时间，现在更多关注的是自己能为这个世界做点什么，能够给多少人送去快乐和安康。

一个人的日子，她过出了闪亮与快乐，也活出了精致与美好。对于未来，有没有可心的人，她已经不再有任何期待。只要活出了自己，还能有什么比这些更美好的呢？

心态变了，身边的世界也不一样了。让自己每天处在充实的状

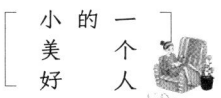

态中,苏锦说感觉自己每天的时间都不够用,真渴望一天可以有48个小时。说这话时,她笑了,像个孩子一般露出了一排洁白整齐的牙齿,与过去告别,真好。一个人的日子,她过出了云淡风轻,活出了美好无暇。

35

打扮漂亮,走出去

一个对生活有追求的人,一定会把自己打扮得漂漂亮亮才出门。和同龄的女生相比,紫映有着太多骄人的资本。作为土生土长的武汉人,她出生在知书达理的知识分子家庭,天生自带高贵的优雅气质,加上皮肤白皙、身材纤细高挑,气质超群、果敢聪慧。大学毕业后,她顺利进入一家国企,成为一位人人艳羡的职场丽人。

在爱情面前,没人会天生有好运气。对于紫映而言,她的爱情似乎一直不温不火。二十五岁时,她交往了一个男朋友。那时候,她满心想的都是拥有一个安稳的家,跟自己的父母一样一辈子相敬如宾、相伴到老,如此才称得上家庭美满、人生幸福。为此,她在感情的世界里小心经营着,如贤妻良母般为对方全心付出,待时机成熟时自然而然地再提出买房要求。没想到男方浑浑噩噩,一拖再拖。照理说,像紫映这么优秀的女孩,也不该成为男方拒婚的对

> 一个小的美好

象,但对方就是对婚事只字不提。两人的感情也渐渐平淡,有时宁可一个人待着也不愿主动打电话过去寒暄问候。数年过去,随着中心城区房价的水涨船高,也未见对方提过只言片语。纵使矜持如紫映,她也实在忍无可忍,果断提出分手。

分手后的紫映没有过多的伤悲,但她对爱情和婚姻的热度就此冷却下来。为了打造更优秀的自己,她利用业余时间报读了许多培训班,有英语、社交技巧培训等。每一个奔波的周末,她的时间都被各类学习课程填充得满满的。我每次联络她,她都小声地接过电话:"亲爱的,不好意思,我在上课。晚些打给你。"

在此期间,身边亲人的英年早逝也让紫映开始感叹起人生无常和健康的可贵。她突然发现活着的每一天都弥足珍贵,她要活好每一天,漂漂亮亮地出现在每一天。"你是世界的镜子,如果你想要世界以光亮、温柔对待你,那么你就要以闪亮、美丽的形象出现在它的面前。"这个特别独立的女孩对得起她名字中的"紫"字,她尤其钟爱紫色的装扮,每一天她都要把自己打扮得美美地出门。她说:"每个人都是一个独立行走的小世界,你自身的气场决定了你会吸引什么样的人,遇到什么样的事;当你很有精神地走进办公室,气场强大,所有人都会对你仰慕三尺。"

说到做到的紫映开始了自己截然不同的美丽人生,她学会了化妆,每天都化好精致的妆容,穿戴美美地出现在众人面前。很快,她便忘却了失恋的忧伤,开始了一个人独立面对外界的生活,对她而言，一切才刚刚开始。

走出去，拥抱更广博的世界

因为业务能力突出，不久后，紫映得以有机会外派到北京。在北京的三个月里，她充分展示了自己杰出的沟通协调和谈判能力，遂被上级领导看中，留在了上级单位。收入很快得以大幅提升，她开始考虑独居生活，已经对感情一事看得淡薄的她，不再把个人的幸福与安稳托付在男人的身上，很快在武汉给自己买了房。

此后，紫映一心一意投入工作，很快在自己的工作圈子里做得风生水起。有追求者众多，但是她不再热衷，一般都是婉言谢绝。一个人的日子里，她毫无保留地按照自己的心愿来活，下班了会去美容院做一个酵素SPA，或者让美容师做一个全套的护肤、做一下舒缓的肩颈按摩。有时间，她会邀约三五好友一起吃饭、喝茶、聊天，晚上一起夜游城市的大街小巷，也觉得无比畅快。没有了二人世界的浪漫，但也少了许多的烦闷和困扰。

遇到父母亲人的问询，她都会把自己朋友圈的照片和新近的见闻分享给他们听，让他们感受自己内心的欢喜和快乐。时间久了，爱她的长辈们也达成一致认同，只要她过得开心快乐，一个人还是两个人或是一家子，都已经不再重要。

由于行业和政策相关，紫映经常会被一堆老板团团围住，各种咨询和邀约不断。所以，我们也习惯了她的四处出差或是讲课，面

一个人的小美好

对表面的浮华，她也不端着，耐心细致地接待每一个人，跟大家细心地讲解，给出最中肯的建议和参考。对于爱美之心的追逐和异性的示好，她保持得很优雅，一般都会有礼有节地拒绝，自然也避免了很多流言蜚语的四处蔓延。对于应酬中的酒，她也会偶尔来上一点，豪爽的性情背后是她一颗侠肝义胆的心，但她绝不让自己轻易喝醉。作为淑女的她，一直保持着自己的个性和原则，有距离地与人交往。冷艳，但绝不是不近人情。

工作上，她做得绝对出色。偶尔陪老板夫妻国外出差，因为英语水平不错，她也获得了极高的人气。面对老板的欣赏和同事的艳羡，她向来公私分明，克制礼让，所以同事关系也相处融洽，工作起来得心应手。

一年前，她有机会外派到了深圳。来到这座改革开放的前沿城市，她激动不已。这里的人文素质和激情活力深深吸引了她，去过，就不想离开。此后，她如愿以偿得以留在深圳。如今，她依然在为自己梦想中的生活打拼，在深圳那座美丽的城市，有她美丽的倩影，有她温柔的骄傲。她说深圳会比武汉更适合她。于是，我某日得以去与她会面，畅聊过后，感同身受她内心对幸福生活的渴望，万分认同她美丽自我、装饰生活的态度。那日，与她分别在深圳北站的高铁站台，我分明记得她说的那句话："我会相信，有外在美的人，才会有内在美。因为一个人的外在是内心真实的折射。所以，我愿意让自己每天美美地出门。"

祝福你，我亲爱的女孩，打扮漂亮，走出去，你会收获全世界的喝彩和掌声！

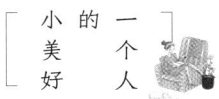
一个小的美好人

36

"乐活女王"的快乐主张

像儿时那样,俯下身去,与树丛里的蚯蚓说说悄悄话

3月,龙宽在动物沟通师朋友的帮助下,对归真堂的黑熊进行了一次心灵访问。动物沟通是内在的心灵沟通,所以不必面对面,只要有照片就可以。在这次神奇的对话中,龙宽深感动物的伟大,并虔诚地捧出自己的一颗心:"黑熊,谢谢你们牺牲自己,化身来到地球点醒人类沉睡的心。我们一定会全力救出你们,这是我们高贵的承诺。"

动物和人类如何沟通?在一般人眼里,这是不可思议的事情。但是亲身体验过的龙宽坚信,动物可以用相片和画面来沟通,比如养过宠物的人会知道,人类说的话,动物都能听得懂,而且它们会迅速在脑子里生成画面,传递成信息。

可是这个世界太匆匆了。太多的人不光是没有时间同动物交流,甚至连和自己交流的时间都没有。每天有一点点的空闲,不是去看电影、看电视,就是约人出去消费、打游戏之类,他们发现生活里总是充满着许多的矛盾、痛苦和挣扎。可是为什么不能抽出哪怕只是短暂的5分钟,与自己的心灵对话,与大自然对话,像儿时那样,俯下身去,与树丛里的蚯蚓说说悄悄话?

面对地球生态环境的持续和人类对动物物种的大规模血腥屠杀,龙宽忧心忡忡。她读到了来自《华尔街日报》上鲸鱼族群的心声。这一次,对她内心的触动很大,交织着愤怒、伤心、痛快和愧疚的种种感受,她很想拍桌子,很想哭,很想让别人也看到:植物靠阳光便能活,动物吃点草便能活,连老虎吃饱了也不会去追小羊。为什么你,全宇宙最有智慧的你,经常饱到撑、东西多到没地方放的你,告诉我必须要把一切赶尽杀绝才能活?

在龙宽看来,人类的身体其实并不是为了吃肉而设计。面对一大块生肉,人类的第一反应是恶心,而不是像狮子、老虎一样胃口大开。龙宽说:"人们吃进的许多所谓美食,只不过是加入太多的调味料、食品添加剂、激素等,根本不可能给我们带来真正的健康。"

在龙宽的家里,有自己设计的家具,自己缝制的靠垫,墙上挂的是自己画的画,沙发上放着的是自己缝制的玩偶。她有一间"缝纫工作室",还有一间"幽浮售票处"。几年来,为乐活,她不仅学会了绘画、Flash制作,创立了个人网站和个人服装品牌"光

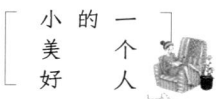

当娃",还学会了自行设计、缝制衣服、背包和玩偶等。把自己设计、自行缝纫出来的衣服穿在身上,那种成就感无可比拟。在龙宽看来,学习和创造的过程很有意思,把自信和满足用在自己的工作上,会开发出不可预见的潜能。这样的乐趣,才是寻常生活里快乐的攒动。

龙宽现在只吃素,所以她早已对各地,尤其是北京的各家素菜馆如数家珍。她说:"现在的素菜馆可以吃到你想吃的任何东西,高科技可以仿制出各种各样的'肉',只是材料是由蘑菇和大豆蛋白做出来的,吃起来口感很好,口味没有区别,最关键的是吃起来也没有那么大的负担。"

在龙宽的影响下,朋友们也渐渐开始吃素。偶尔小聚,大家在一起会聊起今天吃了"羊肉串""水煮鱼"之类,但其实都是素菜馆里的美味。这样的生活方式已经成为她生活里的必需,她说:"不需要改变任何的习惯,只需要替换成为素食的原料,收获的是健康,对地球的伤害也可以减到最低。"

孤身旅行中意识到自己的存在

"年轻的时候,总觉得只有在很远的地方,才能找到自己。"龙宽如此评价自己对旅行的向往,而更多时候,她更需要面对的是自己的内心。

时常选择孤身旅行的她,不得不令人钦佩她的勇气。她曾带着

10张50英镑的旅行支票和几块零钱,行走了7个东欧国家。因为语言不通,所以只能全靠手来比画,最后却发现语言根本不是障碍,她甚至成了更多"外国人"的传声筒。她四处行走,感受不同的风土人情,在浩瀚中感受到自己的灵魂,当人们对她的行为表示不解的时候,她自己也无法解释了:"天知道我为什么要去旅行?也许我就是个旅行疯子!"

这个十八岁便孑然一身去苏格兰的女孩子,她带着满脑子的天不怕地不怕。那时候,她绕着海岸线走了一圈,花了7天时间。一次,天快黑了,在一条很窄的路上,她抬头发现四周全是牛,半个小时才有一辆车从身边呼啸而过。她说:"那时候,我背着露营的装备,今天最坏的结果就是在这里露营了。牛在吃草,牛看着我,我看着牛,我们就这么互相看着,不一会儿车就来了。"

一次次的化险为夷,不能不说是龙宽的运气。但她在这些经历里也找到更纯粹的自己。常人都有的害怕,她不是没有过,她曾说:"其实我独自一人待在漆黑的旷野时,远没有待在城市的街头那么害怕。走到真正的荒郊野外一个人的时候,我会突然意识到自己的强大,因为这个时候,只有自己,没有人可以帮你,你的命运就全部交给自己了,感觉特别地好。"

亦如她所言,只有享受生命,灵感才会被打开,才有自己的状态。她也时常说:"我们来到这个世界,本来就应该活得像国王和女王一样,而不应该成为生活的奴隶。要做个快乐的女王,就要

一个小的美好的人

用善良、爱心和很多的责任感来统治自己的世界，选择自己要过的生活。"

对于"乐活"，大众一般理解为穿棉质衣服、经常运动之类，其实乐活就是尽情发挥自己的智慧和创造力，选择最有利于灵性发展的生活方式。为乐活，龙宽做设计、做网站，还定期举行乐活俱乐部的活动，请大家来吃素餐，做乐活的讲座，制作小手册，拍摄"周一请吃素"的短片。在她的那个圈子里，她用自己的行动默默地影响着一批又一批有志于环保、热爱生命的人。

"乐活"的明天会是怎样？用龙宽的话说："如果大家都能转变到真正乐活的生活方式，地球将不再是地球。它会变成伊甸园，人类和动物和平相处，动物也会把它们的智慧和特别的能力回报给人类。我们的生活会更轻松、有趣。每个人只要尽到自己的责任，就足以改变整个地球。"

37

个性鲜明的人才会有涟漪

人要没格调，就不会有未来

面对感情，黄欢向来是立场坚定。大专毕业后，她随一位请她担任助手的学者到上海发展。不久之后，因为受到这位她所尊重的长者的搔扰，她愤而与之决裂，和男友开始了在上海住300元租金的小房，过起了漂泊不定的日子。

还记得当时，面对那位事业有成、劝她离开男友依附自己的男人，黄欢的回答掷地有声："人要没格调，就不会有未来。哪怕你样样比我好，但是你枉费了我对你的尊重，我比你有格调，所以我比你有未来。"

为了这未来，二十出头的黄欢拼了。怀揣着大专文凭，操着一口不太流利的普通话，她发现因为不是上海户口也成为旁人轻易拒绝自己的理由。无奈之下，她开始做某国际品牌化妆品的专柜柜台

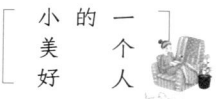

一个小的美好

小姐。虽然她个子娇小,但凭着天生丽质,热情诚恳,良好的沟通与表达能力,她在公司的飞速发展令人瞠目结舌:第一个月,她就完成了5万元的销售目标,成为全国第一,第二名的销售额竟连她的一半都不到;两个月后,她被提为柜长;两年后,她就坐到了该公司在中国的最高职位。

不久后,黄欢正式入驻公关界。零经验的她,被当时一家大型广告公司高薪聘请,担任营业总监,操作了统一冰红茶、统一鲜橙多、箭牌口香糖、雅哈咖啡等成功案例。

而此时,那些曾横亘在她面前的难题,比如身高,比如外文口语,比如户口,早已不复存在。记得在一次艺术家博览会上,有人问她的上司:"怎么你们找来的公关总监,既不会说英文,又不会说法语?"加拿大籍的老板回答令她很是提神:"你们中国的总理法语也不好,英语也不好,但他身边的翻译能做总理吗?"

进入传媒界,亦是一次偶然。某次饭局,认识了一个做电视的人,他让黄欢帮忙策划改版一个节目。没过多久,黄欢毫不含糊地拿出了一个99页的提案。在那个提案里,她开始有了做网站的想法。她觉得互联网行业前景无限,将来必定蕴含巨大商机。也许起初会遭遇一些困难和阻力,但是只要坚持,一定可以等到柳暗花明。骨子里面的不安分,注定了她要选择一个潜力无限的行业,一个可以不断复制的行业。

个性鲜明的人才会有涟漪

曼妙的年纪,黄欢也有过属于自己的爱情。年轻美貌的她,身边从不缺乏追求者,但她说,现在的自己,学会了收敛自己的魅力,不让那些不必要的关注麻烦到自己。

当初闯荡上海的那几年,她的感情生活,几乎像一锅粥。对过去所有的感情,她都心怀感恩,记得每个人曾对她的好。然而,无论是患难之交的初恋男友,还是家财万贯的大款富商男友,她离开他们只有一个原因,他们不能理解她的梦。后来,她和相恋多年的福建男友分手了,房子和多年积蓄全都赔了进去,一无所有的她选择重新开始。

也有人问她,万一你的网站创业失败了怎么办?她掷地有声地回答:"失败了,我也还是我。"经历了这么多事,现在的她已经定力十足。

人生辉煌,怎会没有挫折与茫然?但黄欢乐于让自己站在风口浪尖,她说:"被冲击是一种光学,个性鲜明的人才会有涟漪。"

一日,她在网上看到旧同事的帖子:"她不就是以前那个和我一起站柜台的那个矮个子女生吗?看样子混得不错,谁知道怎么起来的。"面对质疑,她看得很淡然,说:"我不怕质疑,质疑越多,说明人家越嫉妒。我小时候被人认为很招摇,不合群。长大后去上海闯荡,当时许多人也在怀疑我。工作后,我一路转换很多身

份,他们就有了更多的说辞。但我觉得,这只能说明他们内心的自卑和不自信。乞丐永远不会妒忌百万富翁,而只会妒忌比他们稍微富一点的乞丐。"

"人最可怕的是不自知。我之所以能迅速地超越他们,是因为我充分地了解自己。在世俗的眼光里,贵族就应该有贵族的血统,平民就不可以站在光鲜的舞台上。怎么可能?谁来界定这个一流或二流的标准?"她如是说。

为什么可以在那么多的坎坷里一直选择坚强面对?黄欢特别推崇《海阔天空》里的那句歌词:谢谢你们曾看轻我/让我如今可以更精彩地活。现在年过三十,她更清楚地知道自己要的是什么,于是把一切烦恼放下,实现梦想,才更重要。

传统意义上的成功女性,都是中规中矩模式化的女人,如杨澜、鲁豫,仿佛她们就只有优点。黄欢并不认同,她说:"我很欣赏斯嘉丽的真性情,她有自己的贪婪、鲁莽、自私,但你怎可因这些而不爱她?女人活得目标明确,真实自我,最是可爱。"

38

一个人的英雄之旅

善于在工作中找乐趣

坐在位于北京海淀区中关村SOHO办公楼里,路彬彬穿着舒适简洁的职业装,戴紫框眼镜,脂粉未施,一副带着学者气息的职场精英形象。作为一档电视节目的制片人,路彬彬事业有成,理想实现,过着上流社会的精致生活,她还希翼什么呢?

没有最好,只有更好。加班加点的熬夜,曾一度成了路彬彬的常态。有一段时间,她几乎每天都要加班到凌晨,到了最困最累的时候,她就在网上看美剧,直到天亮。第二天继续容光焕发地去接待客户。

我们认为她很累,但她却乐在其中,她是个善于在工作中找乐趣的人。她个性发散,思路开阔。比如,她会在打电话时,突然想到要来个恶作剧,或是讲个小笑话,或是给自己准备几种颜色漂亮

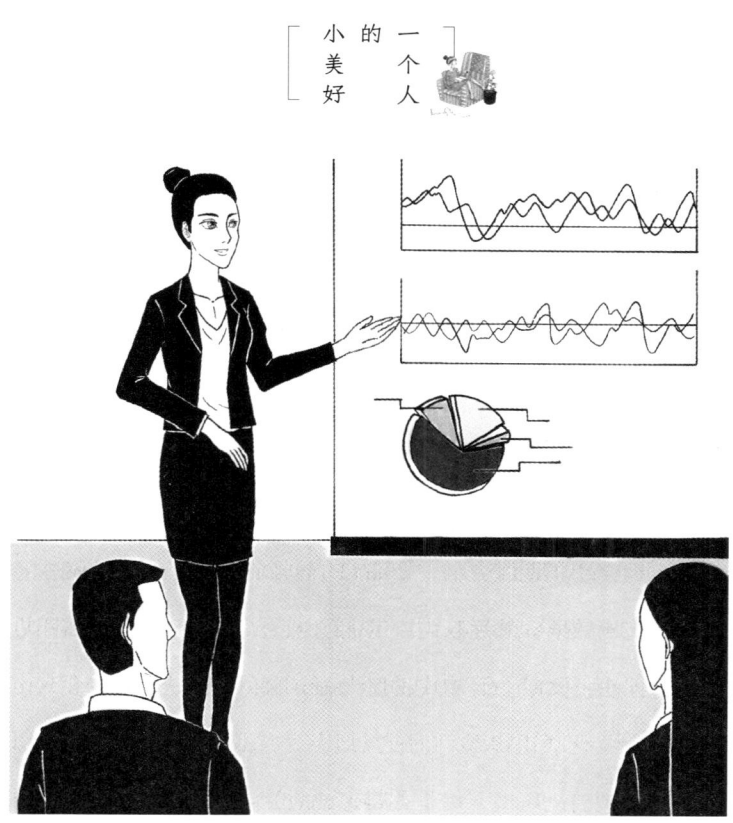

小美好的一个人

的小零食。

她的同事和下属每每遇到她,都会有这样的懊悔:"完了,今天又忘了带录音机了!"她在表达上通常是如此地顺畅而自然,出奇不意却又精彩,在任何细微的小事情上,她都能捕捉到新奇的小快乐。

生活中的她,是一个对社会上的任何事物都充满了好奇的人,她会时常带着好奇的眼光去看周围。听到什么,看到什么,她都会马上想到要和朋友们交流,会看八卦类的杂志,关注花角边边,挖掘好的视角,但很快便能将其与自己的工作联系起来。她说,其实每个人经历的人和事,大体都是相当的,但人与人为何会如此不同?那便是因为每个人的反馈不尽相同,所以造就差异的渐行渐远。

传统意义上的"企业家论坛",大家可能以为就是一些企业家聚在一起,大家互相介绍,喝喝酒,聊聊天,互换名片,期待日后的合作,等等。但路彬彬绝不这么干。她的创意如此层出不穷:她会尤其地讲究每一个细节,比如酒店的气氛、桌椅的摆放、灯光的效果,然后以尖锐的话题讨论切入,让平日严肃的企业家们比赛打领带,坐着飞机侃大山,探讨人性价值,获得轻松愉悦。

正如她自己所说,每个人要想成功,就必然要付出代价。路彬彬也有压力巨大的时候,但她会是一个特别懂得放松的人。压力大的时候,她特别不喜欢看小说,常会觉得那些虚幻的故事情节会加重她心里的负累。但是,当她得知身边的人,都在热议一本名叫《山楂树之恋》的小说时,她也找来迫不及待地打开翻看。她说自己自制力很差,只要喜欢,便会一气呵成,所以,她连夜将《山楂树之恋》看完了,泪流满面。看电视剧,也是如此,《越狱》《士兵突击》《与青春有关的日子》等,她都是一个通宵连着一个通宵看完的。她是个喜欢延续连贯性的人,不喜欢中途被打断。也许你会认为她这样很疯狂,但她就是这样的一个人。对于有趣的事情,

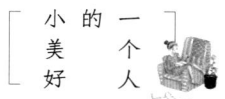
一个小的美好人

她是如此地迫不及待。

女人要自己掌控快乐

对于如何获得快乐感,路彬彬说自己也正在学习和探索中。不过她能够很清晰地感觉到自己个性中的矛盾。AB血型的她,一方面有着张扬的一面,另一方面又会显得封闭。有时冷静,有时夸张。曾经有一度,她认为自己是个不太有人情味的人,因为过于理性,但后来又发现,自己内心其实一直喧涌那么多澎湃的情感。

对于人生的不断推移,阅历的增多,路彬彬如此总结:"越成熟,越智慧,越痛苦。"佛经里会教人"学会接纳",其实这接纳并不是消极地接受,而是要让人想办法地改变,设定一个具体的目标,去改变,去实现。人有时会觉得自己很难放弃初衷,但事实上,人生真的有许多无奈,所以要懂得适当地放弃。"要具备普通人的心态,把自己适当地放于弱者的位置,这样才会活得轻松。"

那么辛苦地打拼,路彬彬也有身体吃不消、精神压力巨大的时候。她说,女人爱自己最好的方式,就是要特别清楚了解自己和感受自己的身体、表情、心态,和自己的身体、心情调情,有时间可以选择去休息、去度假,积极地融入那些可以给你带来正面情绪的氛围中,让自己快乐起来。

前几年,她会特别地在意自己的外在形象,觉得不化妆,就没办法出门。但现在,她不这么想了。她会觉得,女人的自信,应该是从内而外的散发。她坦言,自己身材和相貌上的部分,都是属于遗传。保持身材,秘诀在于要常去健身,维持好皮肤,就是要有好心情,放松地睡觉,快乐的心情是谁也夺不走的,如果可以的话,去谈一场恋爱。

生活中的她,兴趣广泛,值得让她开心的事情有很多,比如和闺蜜聊天、出门旅行、看一本好书、看一张好碟、看一部好电视剧。她说自己的快乐有时显得并不是那么地明显,看她温吞吞的样子,好朋友曾一次大胆提议:"你是否可以放纵一些,让自己尝试着越点界呢?"她哈哈大笑,日后她依旧个性张扬,我行我素。

这些年,经历了许多事,看了太多的分分合合,路彬彬也会觉得,人生其实很无奈。但这并不代表消极。过去,她是一个如此要强的人,会特别在乎别人的看法。现在,她开始学会把目光从别人那里挪到自己身上来。让自己快乐,发自内心地快乐,才是最重要的。

她说,女人爱自己,要有一个很清楚的认识。爱别人,更要选择用他人喜欢的方式。这也许很难,但却要努力做到。

与成功人士交往,她游刃有余,与他们谈笑风生,却从没想过要嫁给其中某一个人。为此,我和她探究,她说:"你问的是未婚还是已婚人士呢?"我笑等她答。她说:"如果已婚,对方为了爱我,放弃自己的家庭来找我,伤害他的亲人和孩子,我觉得这与我的初衷背道而驰。如果未婚,我会觉得内心承受不起抚慰他们内心

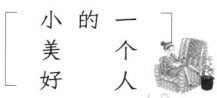

的重责,所以我害怕很难长久。"说到这时,她笑着说:"其实一个人挺好,我自在潇洒,随处都是风景。"

一边披荆斩棘,一边清风明月,这就是路彬彬。她活得如此理智与率真,大大方方地"要"与"不要",怎能不收获更多璀璨?

39

与你的世界握手言和

敬畏规则，不苛责自我

作为一家大型房地产公司的公关部经理，徐彤有着傲人的资本。她天生丽质，思路清晰，谈吐优雅，深得老板的信赖和器重。

从南方小城来到北京，徐彤吃过了所有北漂人曾经经历的苦。在人生地不熟的京城，本以为两个人的世界会比一个人更好，没想到接触过几位异性之后，她深感失望。各种各样的约束、五花八门的生活要求接踵而至，让她只渴望尽快逃脱这种不对等的恋爱关系。"谈恋爱的条件，就是让自己从精神到物质，从灵魂到肉体，因为有了对方都比从前的状态更好。否则何必呢？"她这样说。

就这样，五年过去了，她一直过着"空窗"生活。不再把让自己快乐和幸福的希望寄托在他人身上。努力地工作，认真地犒赏自己，成了她对一个人美好生活的基本诉求。随着年岁的增长和生活

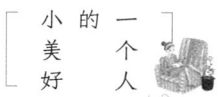

一个人的小美好

阅历的增加,她对工作和生活都有了更加得心应手的体会和觉察。

那日在工作上遇到一位难缠的客户,在酒桌上公然对她提出很无理的私人要求,被她正色拒绝。没想对方马上投诉到公司,添油加醋把她好好地"美化"了一番。不明就里的上司马上借题发挥,对她好一顿训斥。换了从前,她肯定是泪光盈盈,满心满口的想不开。这次,她倒是很淡然。她说:"既然你想看我委屈,那么我偏不委屈给你看。面对已经发生的事实,最好的办法是坦然去接受。时间会说明一切。"

三天后,不知道聪慧的徐彤用了什么办法,客户居然主动打电话到公司致歉,为她挽回名誉。

这就是心态的魅力和成熟女人对待现实的认知。在公司,她有一个十余人的团队,每次有新员工入职,她都会对他们说上这样一段话:"无论是打工还是创业,其本质无外乎向老板或客户出卖自己有形或无形的产品。一言以蔽之:大家都是出来卖的。既然是出来卖的,一要卖相好,二要敬业,三不要嫌买货人。所以,第一要保持美丽,第二要多做事少抱怨,第三看在钱的份上要适当妥协。"

是的,身在职场,她敬畏规则。在她看来,要做一名优秀的公关人员,保持美丽是第一条。公关人员尤其是要随时随地注意自己的穿着和言行举止,一举一动都关乎公司的形象和品牌。同时,能做事、会做事、肯做事的员工自然会受到上级和领导的热烈欢迎。

最后，不要反复抱怨环境，那样不但于事无补，反倒影响自己的心情和周围人对自己的评价。

身处职场十来年，徐彤在各行各业都有许多朋友，她活得潇洒而爽利。这种潇洒，一方面，是她自己对自己的豁达，比如从不苛责自己去做不想做的事情，去敷衍不愿意见到的人，去参加不想去奔赴的约会等；另一方面，她遵守现实世界的各种游戏规则，人与人之间的交往原则、公司的规章制度、人性的基本遵循，等等。为此，她还专门去报考了国家二级心理咨询师并顺利通过了考试。带着对外界事物的一份好奇，她活得很率真、爽快。

她说，面子是别人给的，别人只会把面子给那些坚持表现出诚实、勇敢、勤奋和靠谱的人。一个人只要具备优秀的品格，自然会拥有很多的面子。

与你的世界握手言和

虽然单身，但是徐彤也有渴望幸福婚姻的时候。每每参加同学聚会，看到成双成对的同学伉俪；每每参加婚礼，看到新人们在舞台上甜蜜拥吻的时候，她也渴望有自己的爱人；每每回到老家，面对日渐老去的父母，也会有想与某人相许终身的冲动。可是，心有所属的那个人到底身在何方？

对于爱情和婚姻，她深知渴望与实现毕竟是两回事，所以始终保持随缘的心态。每一天都把自己活得精致温暖，始终保持"时刻准备着"的状态,也就是说尽量随时都看上去很美。很难说哪朵云彩下雨,也许转角就会遇到爱。

每个女孩都爱美,对于皮肤和身材的保养,徐彤也是大费周章。为此,她一直在坚持瘦身。每天早上五点半起床,晨起喝500毫升温开水,"咕咕咕"大口喝下去,然后出门跑步一小时,等大汗淋漓冷却之后洗澡,洗澡后吃早餐,之后出门上班。午餐尽量营养丰富,但不要过饱。晚餐以清淡饮食为主,可以吃一些蔬菜,也可以选择一个水果,或者喝一杯酸奶。晚上八点出门锻炼,一小时后回来,看看书或者听听音乐,准备入睡。作为未婚女性,她一直以职业敏感的要求来约束自己,皮肤细嫩、身材婀娜有致,让许多已婚的朋友都羡慕不已。

面对身边许多女性朋友大叹自己减肥失败,徐彤说腰围是黄金分割和女性体态婀娜的关键,是少女和大妈的分水岭,所以要拼死保持。她如此总结:"当你对美好身材的渴望远远大于你对食物的渴望,你就可以成功减肥。减不下来那是因为你对瘦的渴望还不够强烈。"

过去,她也为浮华世界的车子、房子、票子之类的揪心。看到别人买车买房,住进别墅,挽着富豪,也在心里难免荡起涟漪。如今,她已然宠辱不惊了。面对真实的生活,面对现在已然拥有的各种现实条件,她打算与自己的内心握手言和。吃好喝好玩好工作好,让自己内心快乐富足才是王道。既然有些虚无缥缈的东西追求不到，何必还要苦苦挣扎、强迫自我呢？

很多人会形容徐彤是一个"特立独行"的女人。因为习惯了一个人生活，她的独行成为一种管理，特立就是她拥有自己独特的风格，包括化妆风格、穿衣风格、语言风格等。其实每一个人特立独行的背后，都有她自己独特的人生信条和价值观在默默支撑。

谁能说这样的女人不可爱呢？

游弋在浪潮!
你就是你,颜色不一样的烟火

　　爱是一件千回百转的事。在一个人的世界里,尽情畅游,追求过,徘徊过,终究会收获自己的精彩。一个人的世界,有义无反顾,更有柔情万种。憧憬未来,一个人的来时路、去时路都是最独一无二的回忆。

40

珍惜此生最美好的际遇

单身是生命中的意外之旅

作为一名美女作家,朵朵笑称自己是"三高女人":学历高,知名度高,身材高。至今单身的她,曾遇到过许多世俗的压力。来自父母,来自周围,林林总总。有一段日子,身边人仿佛是一窝蜂似的,一起来给她介绍对象。只要是身体健康、身家清白,有工作,都可以成为她的结婚对象。

女大当嫁,大家的担心也不无道理。她博士刚毕业时,有位长辈给她介绍了一位在大学教书的教授。那位男士不管是年龄、身高、客观条件,看起来都跟她很相配。可等到真正交往之后,她发现他是一个有强烈控制欲且非常吝啬的人,还规定她如果以后结婚,每个月的花费不可以超过人民币2000元。听了这话,她心想,这是婚姻生活还是集中营啊?

> 一个小小的美好

渐渐地，身边的人来了又去，去了又来，但总很难有适合的停留。偏偏朵朵是如此独立又聪慧的女子，她对男女之事看得如此通透："通常条件越好的男人，就越没时间，那么女人就该多多配合啦。问题是，现在很多女人不愿意，也不是不愿意配合，而是把'多多配合'改成了'彼此配合'。所以，单身是有迹可循的。"

也不是没有过美好的爱情，不过那些都成了过往烟云，绚烂在了遥远的夜空。许多的情愫，也在她的文字里若有若无的点缀，柔软了自我乃至读者的心境。

其实，以前她从没有想过要单身。如今，原先的压力，异样的眼光，现在已经慢慢过去。父母选择了宽容，渐渐地，一些男性也不再以调侃来对待她了。

有了随缘而安这份释然，她比较率真地喊出"单身快乐"的宣言："作为一个单身的人，我们应该快乐，因为我们值得。单身的人常常得独自面对生活的难题，所以，在可以追寻快乐的时刻，要更加勇往直前，不落人后。"

2017年的圣诞节，她独自一个人过。她先去为自己买了一棵小小的圣诞树，再买一些闪闪亮亮的灯饰，装置在一进门就可以看见的地方，包装得很漂亮，放在圣诞树下。还买了个烛台，几只细长的、漂亮的蜡烛，准备吃单人晚餐的时候点燃它。末了，她还去唱片行买回一张大减价的圣诞歌曲，以增添节日的气氛。一切准备就绪，她还为自己张罗了一顿简单美味的晚餐，穿着漂漂亮亮的衣裳,喝一杯红酒。放着圣诞歌曲,拆开心爱的礼物,举杯对自己说:"圣诞快乐!"

以前的她是多愁善感的人,而现在的她虽善感但不多愁。她说:"我是苏东坡的信徒,我读了很多他的文字,他一直告诉我们从人生的痛苦里挣脱出来,我们不能逃避痛苦,但是可以把痛苦变成燃料。"

她还说:"人生本来就是痛苦的,但痛苦有时会变成一种养分的来源。人生有一点点欢喜的时候,就可以把快乐延长,让快乐取代痛苦。"

在朵朵看来,最理想的爱情,不一定每一天都要在一起,但一定要有两心相属的感觉。"如果有一天,我决定结婚,那么对方一定是一个可以理解我的各种想法,并拥有足够自信和笃定的人。"

珍惜生命中最美好的际遇

年少成名后,朵朵因为一部校园小说的出版得以步入文坛。质疑的声音此起彼伏,"一个名不见经传的年轻女孩,她为什么可以独领书市风骚?"

她催人奋发的力量在那些岁月的磨砺里形成,这时候的她选择了一种看似洒脱的自我保护的方式。她决定继续深造,读完硕士,再读博士,心中只为求证一个答案:"我是否真的如此浅薄,还是仅仅是运气好?"

一个人的小美好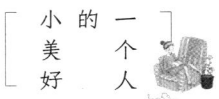

念博士很辛苦,身为畅销书作家的朵朵常常会遇到学长、老师好意的劝诫。有一次,一位古诗班的师长对她说:"在台湾地区从来没有一个畅销书作家是博士,也从来没有一个博士是畅销书作家,这两件事情是不可能同时存在的。我劝你休学,回去写你的小说吧!"每当遇到这样的挑战,她总是淡然一笑,内心越发笃定。个性低调的她向来认为做比说好。她常常说:"因为没人做到过,假设我没做到,也没什么丢脸的;假设我做到了,那么会有更多的人可以做到。"就是在这种信念的支撑下,她度过了四年的求学生涯,顺利取得了博士学位。

身为女人,朵朵有一颗娟秀而细腻的心。一次,她到上海签售新书,一位读者,从十年前开始读她的文字,轻轻地对她说了一句:"我要是能和你做朋友该多好",不禁让彼此都盈湿了眼眶。

"我并不认为一直在一起,才是朋友。分享了彼此的心事,体贴了彼此成长的过程,哪怕只是一面之缘,其实也是朋友。"朵朵对那位读者说。

如今,朵朵是一所大学的教师,主要讲授传统文化及创作方面的课程。因为她独特的教学方式,她的课堂常常是学生爆满。上她的课程的同学,从来不会有所谓的一家之言。

从教多年,现在许多的同事都曾是上过她的课程的学生。对于师者朵朵而言,能够看到自己的学生也能成为很好的老师,对学生有帮助、有爱心,没有什么比这更温暖人心。

每隔一段时间，就会有以前的学生来看望她，有时会带来亲手制作的小礼物，或是鲜花，感谢老师对他们的激励和影响。"我很感激这份上天赐予我们的缘分，也正是因为这份感恩，鼓励我认为这样的做法是有意义的，并可以做得更好。"

在一条既定的河流上行进，朵朵是快乐而自如的。"我对古典诗词的喜欢，是来自父母从小的栽培。犹记得当年的母亲拿着《唐诗三百首》，教我和弟弟背诗歌，帮我们打发了一个个月光底下吟诵歌谣的清丽夜晚。"

每天的工作非常多，但朵朵的工作安排得井井有条。和普通的上班族一样，她每天有8～10个小时在工作，然后会积累一段相对长的假期去外地旅行。在旅途中，大踏步地行走或奔跑，孩子气地四处张望，她仍是一个等待爱、呼唤爱的大女孩。

很多人惊叹，三十多岁的她依然保持有如少女般曼妙的身材，皮肤光滑白皙，她娓娓道来独家秘诀："工作如恋爱，恋爱如工作，对身心有帮助，充满活力，兴味盎然。"

41

爱是一件千回百转的事

人生,就是一段修行

一个人的日子,楚楚过了五年。在这五年间,她默默地从失恋的伤痛中走出来,没人看出她内心到底是怎样的波澜起伏,也没人窥探到她内心对于未来的真实渴望。只是,五年后的今天,她已然功成名就,成为盛名在外的钢琴家。

那是一段青涩的日子。从音乐学院毕业后,楚楚成为一位专职的钢琴教师。因为长得甜美可人,她也曾遇到美好的爱情。那日,她开车回家,忽然听得电台里面的点歌节目里面竟念出自己的名字,祝福自己生日快乐。听着那首陌生的旋律,楚楚记忆的阀门也悄然打开,那是自己并不太遥远的中学时代,在绿草茵茵的跑道上总有一个清秀男孩飞驰而过的身影。朦胧间,楚楚的心莫名地动了一下。

数天后，楚楚接到一个快递，是一大束火红的玫瑰花。同时，还有一个大信封，里面是20首手写的歌词。上面是男孩俊秀的笔迹，看得出是用心创作的，每一首都是为楚楚而作。楚楚欣然笑纳。

一天，她下班回家，正准备去开车门，一个熟悉的身影跑过来，轻柔地说："我来吧"。楚楚定睛一看，这不正是歌词的作者吗？

爱情，就这样轻轻柔柔地来到了他们曼妙的青春年华里。

楚楚恋爱的故事，很快成为一段佳话。在他们相处的日子里，男孩用自己的才情抚慰着楚楚一度孤独的心，两人甚至还开始商议着买房，准备结婚。

偏偏不凑巧，不久后，男孩认识了一位长自己几岁的女性企业家。因为这位女老总的社会资源丰厚，可以帮助他发展事业，他迅速转向。两人就此分道扬镳。

分手后，楚楚情绪不佳，抵抗力下降后患上了神经衰弱。这天，她到医院求医，给她问诊的是一位年轻的内科医生。他耐心地帮助楚楚检查各项身体指标，为她开好各类治疗的单子，临走时更像一位熟悉的老朋友一般叮嘱了一句："好好生活。"那一瞬间，楚楚感觉很温暖。走出医院的大门，她觉得当天的阳光灿烂极了。

经过痛苦的挣扎和反思，楚楚在失去的爱情里得到了成长：爱情并不是人生的全部，唯一可以强横地霸占一个男人全部记忆的，

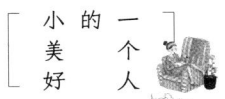

就是要比他活得更好。

于是,依靠自己勤奋的付出与不懈的努力,楚楚不仅在自己所属的集体中成为佼佼者,还获得了去国外演出的机会,一下子邀约不断,她的脸上重新扬起了自信的笑容,也渐渐地走出了失恋的阴影。楚楚说,人生就是一段修行,你会哭会痛,会伤会悲,但能陪你走过这一路的,只有自己。感谢自己的坚守,感谢自己的纯粹,才有了自己想要的模样。

爱情,是自身的圆满

一天晚上,楚楚的母亲因心脏病发作紧急住进医院。老人的病情非常严重,送到医院时已经昏迷。楚楚急得两腿发软,泪水涟涟。这时,她猛然想起了当年的内科医生也正是在这家医院,就抱着一丝希望去找他。

没想到,楚楚刚走到门诊大楼门口,就和一个人撞了个满怀。抬头一看,正是要找的他。双目对视的瞬间,楚楚觉得有一种眩晕袭击了自己。而当他发现眼前这位女子就是本地报纸上经常出现的钢琴家时,他心底的敬意也油然而生。很快,他就帮助接洽了楚楚母亲所在科室的主治医师,母亲的病也很快得以好转。

几天后,为感谢这位医生的仗义相助,楚楚设宴请他吃饭。在席间,他们惊奇地发现,两人居然是老乡,还是同一所高中毕业!两人唏嘘不已,在交谈了各自的工作和生活过后,两人依依不舍地各自回家。正如台湾著名女作家张小娴在她的爱情小说里说到的：我们在某个时空交接，或擦肩而过，或相遇相爱，或是离别之后被思念折磨。在相爱之前，也许我们曾经相遇。相聚的每一刻，就是将来。

对于这一段奇妙的缘分，楚楚格外珍惜。可天蝎座、B型血的她内心深处却是敏感的。她常常患得患失，隐隐担心会失去这份让她太轻易得到的真爱。有一天，她突然发现男友钱包里有一张女性照片，这照片让她特别苦恼。一种不祥的预感顿时袭上她的心头。她疑惑地问男友："这是谁？"面对她的质问，男友竟不由得红了脸，支吾道："其实也没什么，这是我以前的女朋友……"楚楚觉得自己的脑子"嗡"的一下，多年前曾有过的那种绝望的感觉似乎再一次侵袭了她的整个身体。男友见她脸色惨白，赶紧解释道："她去美国已经五年了。在这五年中，她没回来过，我也没去找过她，我们的关系已经名存实亡了。""那你为什么从来没有对我说过？你们并没有明确提出断绝关系，对吗？""我一直联系不上她，又怕失去你，所以不敢告诉你。"可是，楚楚觉得自己的心被伤透了，她当即取下求婚戒指还给他，并提出分手。

此后的日子里，男友仍像从前一样，每天给楚楚打电话，并情真意切地道歉。

不久后，医生男友欢天喜地地来找楚楚，见面后二话没说，将一封从美国来的信件交给她。楚楚打开一看，只见上面写道："几

一个美好的小人

年来，你写给我许多信，不久前你又亲自来了一趟，我想都是一个目的，就是要尽快了断我们的事。我同意你的要求，把你我的事情画上句号，尽管它属于并不圆满的那一种。"

可是这时候的楚楚，已经不再有初恋时的热爱了。她对爱情和婚姻的向往热度已经慢慢冷却。爱情的苦，她已经放下，既然苦苦相爱依然还是得不到圆满，为何还要坚持那份执念？没有爱人的日子，一样的阳光和煦、清风明月，不如一个人安静地过。

她感叹，爱，从来就是一件千回百转的事。不曾被离弃、不曾受伤害，又怎懂得爱人？又怎懂得被人爱？爱，原来就是一种人生的经历！

42

年龄帮我们见世面

在最美的芳华努力绽放

和所有怀抱梦想的女孩一样,刚走出大学校园的许凡有一个瑰丽的梦。从一所普通高等学校毕业后,她怀揣着一纸大专文凭独自一人去深圳打拼。

在人头攒动的深圳,一个其貌不扬、学历一般的外地女孩很容易被汹涌的人潮所吞没。但是许凡从小就有一股子不服输的韧劲,她看到这里有很多全世界各地的外商和企业入驻,很快就给自己树立了一个明确的目标——进外企。为此,她开始全方位地打造自己:报健身班,每天下班后去健身房接受专业训练;在一家专业英语培训机构报读了英语口语班,每个周末去学习;在好友的介绍下,参加深圳大学的各类公益论坛和讲座学习,提升自己的人文修养;利用一切尽可能的时间,学习各类生活技巧:插花、厨艺、烘

一个的小美好

焙、调酒,等等。就这样,两年过去,从前的那个许凡已经判若两人,她的内在和外在均发生了翻天覆地的变化。再见她时,她已然卷发披肩,红唇白肤,出落得亭亭玉立。

　　一个女孩的傲人资本无非是两点,一是娇人的外貌,二是拿手的本事。很快,许凡依靠自己出色的英语口语和优雅得体的谈判沟通技巧征服了一家本土的外贸企业,专门负责外贸跟单。又是两年,她一个人租住在房价稍微偏低的宝安区,每天风雨无阻地外出拼搏。在这个目的性和计划性极强的女孩心里,她一定要给自己生出一双飞翔的翅膀,她要飞得更高,所以她必须比别人付出更多!

为此，她在最美的年华里面全面绽放着自己。除了本职工作外，她还开始兼职做一些海外代购业务。最初也经历了一个短暂的摸索过程，但是随着出国机会的增多，去海外直接采买成了工作中的"举手之劳"，也让她收获到许多乐趣。外贸跟单的工作磨炼了她的社交表达和沟通技巧，给了她基本的物质生活保障，海外代购则锻炼了她的销售能力和业务能力，也为她后期顺利跳槽奠定了良好的基础。

此后，为了个人事业更好地发展，她跳槽到了上海浦东区的一家德国外企。这是一家专门销售度假桌椅的公司，许凡主要的工作内容就是跟中国国内各大代理商进行密切往来与接洽。自然，频繁的出差也成了她生活的常态。很多时候，她还要在中国和德国之间频繁地跑动，以便随时随地掌握公司动态，更好地维护市场，为客户带来更好的服务。

定居上海后的许凡，已然过上了优渥的物质生活。在这家德国企业严肃认真的企业文化氛围中熏陶，她也变成了一个有条不紊的人。对于私人生活，她极度自律。每天几点起床，几点入睡，几个小时的学习，几个小时的休闲，几个小时的会友，几个小时的游玩，都被她切割得条理分明。所以，她的每一天都过得生动无比，为未来注入全新的活力与期盼。在朋友们眼中，她每天早上的一杯麦片、一个三明治成为标配，中午给自己做一份烤牛排，晚上和朋友们去酒吧喝酒放松。晚上十点，她回到住处，在书本的世界里面

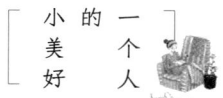

冥想，悠然入梦。

年龄帮我们见世面

  一个人的日子过得久了，纵使事业再成功，许凡也难免要直面世俗的压力。再回老家，就会面对爸爸妈妈以及众多亲朋好友的关切询问。她常常这样回答："谢谢各位长辈们的关心，我相信我总会遇到自己中意的另一半。"言下之意寥寥，对于关切和爱护，她感激不尽，但是面对现实，她也更加笃定自己想要的是什么。

  没有傲人的简历、没有显赫的家世，许凡深知自己需要比他人付出更多的努力。独自在大都市打拼，她不是没有过对婚姻爱情的美好向往，只是身边一直未能寻觅到对的人。每晚入睡前，她都会默默许下愿望：明天就能遇到可以相伴终生的人。可是，次日清晨一睁开双眼就要面对的各类压力、繁忙的工作、高节奏的生活几乎掏空了她全部的精神和心力，不再有时间去思考"爱"与"不爱"的问题。这时候，一位男上司疯狂地迷恋上了她。这个有妇之夫仗着自己的权势和各类资源，对她进行各种肆无忌惮的骚扰和撩拨。但时间久了，随着办公室里同事们的议论纷纷让思想传统的她总感觉自己受到了伤害。很快，她果断提出辞职。

  工作自然是很好解决，不久许凡就找到了新工作。依然还是到处飞行，依然是各种忙碌，会议、调研、展览、论坛等。这期间，她开始默默关注保健与养生，把自己的身材修炼得越发标致，皮肤也越来越好，看上去就是亭亭玉立的白领丽人。那日我再见她，发现她依然是单身一人。但是她已然千帆过尽。此时的她已然心如止水。"见世面不是只见好的，坏的世面能让我们珍惜好的。""我想，倘若你没有经历这么多苦难，没有这么多抱憾，我是不会这么热烈地爱你的。我不喜欢正确的、从未摔倒的、不曾失足的人。他们的道德是僵化的，价值不大。他们面前没有展现生活的美。"鲍里斯·帕斯捷尔纳克在《日瓦戈医生》里写道。

在电影《桃姐》里，桃姐说过："人生最甜蜜的欢乐，都是忧伤的果子。人生最美的东西，都是从苦难当中得到，我们要亲身经历艰难，然后才能学会怎样安慰别人。"

没错，见世面也不是只见好的，坏的世面也能让我们珍惜。没有尝试过的事不要轻易下结论，没有做到的事情也不要异想天开说容易，没有得到过的东西说不在乎都是牵强的。因为，平白无故的自信，是一种没有价值的变老。

时间不可阻挡，可是年龄真的会帮助我们见世面。它让我们在岁月的洗涤中看到，哪些是真的值得珍惜，哪些是必须说声"珍重"。

一个的
小美好人

43

用一生的时间修炼美丽

容颜是一种生活态度,更是一份个人宣言

作为一名资深美容专家,米露拥有令无数女人艳羡的无龄化肌肤。走在人前,她的打扮活脱脱一个美丽俏佳人,低胸高腰的连衣裙,暗花黑色丝袜,白色系带露趾高跟凉鞋,精致的妆容,齐眉的刘海,卷卷的长发,十指蔻丹,不像专家,倒像个现代时尚摩登的芭比娃娃。

在她看来,容颜首先是一种生活态度,更是一份个人宣言。她最欣赏的是时尚女王可可·香奈儿的一句话:其实每个人都是会老的,大家都一样。她总说:"可可·香奈儿为什么可以做到在五十岁、六十岁的时候,仍然被那么多男性当作追求的偶像。因为她有一个理念,女人应该在二十岁的时候可爱,三十岁的时候漂亮,四十岁的时候充满美丽,五十岁的时候让人不可抗拒。这些需要我们用一生的时间和平衡来修炼。"

十年前，从南京一所医科大学毕业后，米露被分配到某军区医院担任皮肤科医生。三年的磨砺，令她萌生退意："作为一名医生，我很愿意去帮助人，但许多美好的意愿常常是现代医学所达不到的，所以深感无奈。"

于是，她出国深造，而后成为一家外资日用品公司的市场总监，从此为美丽人生开辟出了一条新的航线。

此后，这个专注自身事业发展的美丽女人在事业上做得风生水起，她还在网络上开通了个人博客，不断解答网友们的各类护肤保养问题，点击量不断飙升。慢慢地，她开始在自己的圈子内集聚起人气，她的影响力不断渗透在美容护肤的每一处。

如今，已然年过三十的她，保养得极为精致，丝毫看不出岁月在她脸上的痕迹。在护肤美容方面，她推崇"天道酬勤"，坚持每天做一点是最关键的，同时要和自己比，任何时候开始护肤都不晚。她总说："有一句话挺有意思，五十岁以前是属于天赐的礼物，五十岁以后是后天的造化，如果你想要一个不老的容颜的话，就要自己照顾自己，不要跟别人比，而且任何时候开始都不晚。"

工作之余，米露会花时间在家做皮肤护理，但她每个星期还是会去美容院一到两次，享受专业的身体按摩和面部护理。有时间她还会在杂志和电视的问答专栏帮助爱美的朋友，教她们怎么去正确

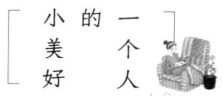

使用不同品牌的化妆品和各类护肤产品。

唯美人士并非相貌和体态,最重要的是如何保持一份孩童的天真。米露始终保有一份温柔纯真的小女孩情怀:她最爱芭比娃娃,手机铃声是宫崎骏的《天空之城》,看动画片还未怎样竟已先哭得稀里哗啦。她与闺蜜们一起"群魔乱舞"地跳肚皮舞,一起分享彼此的小秘密,彼此温暖,相互支持,更是浓情温暖,使人艳羡。

美容只能延缓衰老,内心的保养更是关键。在美容达人米露看来,女人要保持内心的敏感,永远保持这种敏感和吸收的状态,这样,无论是二十岁、三十岁还是八十岁、九十岁,都会有一种孩子般的感动,都会拥有如孩童般纯真的笑容。

只有平衡的人生才是快乐的人生

米露虽然是一名优秀的职场女性,但她绝对不是工作狂。周末,她一定会抽出时间过自己的私人生活。比如约闺蜜聊天,陪父母散步,到郊外露营,享受女人们都爱的足浴、身体SPA,等等。

在她看来,只有平衡的人生才是快乐的人生。无论工作多么繁忙,多么疲惫,她都会力所能及地给自己安排一些有意思的文体活动,比如和朋友去打网球,和家人一起去度假。她坚信快乐的人工作才能更出色,一个不懂得生活的人,一个不懂得快乐的人,一个不健康的人是没法很好地工作的。

一个成熟的女人需要平衡你生活的各层面,因此我们要学会做八爪鱼，保证你的时间同时处于高质量的状态。平衡的过程，不是说每一天、每一个时刻都是"对半开"，而是利用时间管理和排序的技巧，在一个长时间里达到平衡。

一个人居住在一套偌大的房子里，米露将其布置得温馨浪漫。每周五的下午，她都会邀约钟点工来进行一次彻底的清洁大扫除。这样可以确保周末的清晨，她能在爽心悦目的心情中醒来，然后充满期待地开启周末的时光。

对于女性该如何在职场中获取平衡，米露有自己的一套哲学：第一是就事论事，而不是就事论人。我是不是可以心平气和地跟他主动沟通，然后变成大家都可以接受的状态？第二，非常情绪化的时候，离开这个环境。气愤中写了一封很长的信，为自己申辩，写完后先放24小时。24小时过去，激动的情绪已经缓和了很多。第三就是坚持团队作战，整合所有资源，才能达到赢的最高境界，这就是个人和团队的平衡。

拥有了平衡的人生，米露赢得了真正快乐的生活。她的美丽一半是天生一半是自我修炼，日常爱好处处与美相关：读书，其阅读范围之广博恐怕要令许多专业码字的人士都汗颜无比；健身，风雨无阻地跟了一个教练几年，从彼此的磨合到如今无话不谈；网球，从被教练次次大叫"注意动作"，到今天的"进步最快"。她说感谢运动让她充满活力。

米露最欣赏的美丽女性是奥黛丽·赫本。在她看来，人的喜

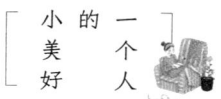

好,常关乎于心。这就是善的力量。绝世佳人,浪漫芳华,善良可敬,把自己的美丽芳华播撒人间,也在米露心里撒下善与美的种子。

女人如花,只有多瓣的花朵,才能全面绽放。美丽的米露,在自我营造的王国里傲然怒放。

44

抬头看世界,低头做公益

生生不息,传递爱的力量

可名从事公益事业,最早还得从她到美国密歇根州立大学读早期教育硕士学位说起。

那日,她从报纸上无意瞥到了一则电影简介。这部名为《PAY IT FORWARD》(《把爱传出去》)的电影牢牢抓住了她的心。电影大意讲的是初中历史课老师尤金按每年惯例布置了一项特殊的作业,即要求每个学生想出一个可以改变世界的方法。出乎意料的是,班上的一位11岁男孩特雷弗提出了一个非常好的想法。他建议每一个得到别人帮助的人,不只是去回报他,而是要将"爱心传递",去帮助其他三位需要帮助的人。如果一而三、三而九这样的传递每天都在发生,那么两周内,当初由一人发出的爱心,将传递到4872969个人身上。

一个小的美好

可名很快找到这部电影来看。接下来,她在网络上输入关键词"Pay It Forward",发现在美国、加拿大、日本、英国等国已有这样的慈善组织,但中国还没有。慈善的种子,就此埋下。

半年后的圣诞前夕,可名去一元店给中文学校的孩子们买礼物。结账时收银员问她:"你是否愿意买一样东西放进这个纸箱里?我们会送给社区里的贫穷孩子作为圣诞礼物。"可名顿时觉得这个小小的善举很温暖。慈善本不需要兴师动众,普通的一元店,平民顾客,一元钱而已(孩子不论贫富都盼望圣诞礼物)就可成就慈善。

回家后,可名立刻给卓越网当时的副总裁陈年写了一封信:能不能在卓越网也设有一个这样的充满善意和爱心的"纸箱子",让顾客在最后结账时买一本好书放进去,然后由卓越网集中起来送给贫困山区的孩子们?

可惜这个提议在得到陈年赞同后最终却是不了了之,卓越网没有人真正在行动上实现它。可名当下决定,既然别人不做,那我就自己做好了。

网络真是一个神奇的东西,它可以串联起世界无限的可能。虽然在卓越网碰壁,但在卓越网一位贵州朋友邓憬[她后来成为爱心传递慈善基金会(简称PLCF)董事会第一届成员]的帮助下,可名认识了在贵州农科院工作的李裕荣。很快,热心的李裕荣发来了自己在贵州威宁县麻乍乡工作时走访搜集来的十个贫困学生的资料。看到那些照片中的孩子们衣衫褴褛，尤其是他们眉宇间那种与年龄不符合的愁苦与无望，可名的心被真切地触动了。她说："其实在此以前，我从不关注慈善，更不信任国内的慈善组织，但现在有这样需要伸手相助的孩子那么真实地在我面前，我无法抗拒。"

二话不说，可名拿出自己的生活费资助了这十个远在贵州贫困山区的孩子。因为善款落实反馈做得很明晰，经可名推介，身边的朋友们也纷纷加入进来。一时间，受助的孩子迅速增加到二十多个。

看到这种自发捐助行为的影响越来越大，可名就想搭建一个平台让更多孩子得到帮助。2006年3月，她和另一位志同道合者玄伟剑在美国正式注册成立了"爱心传递慈善基金会"。是的，基金会的名字"爱心传递"，正是来自两年前那部电影的触动，就是希望这些今天受到帮助的孩子将来也有力量和善心去把这份爱传递下去，生生不息。

用光亮支撑深爱的世界

从捐助贫困孩子上学之初，可名就认为：单纯地把贫困孩子挽留在课堂里，其实并没有特别大的价值，当这个被称为"课堂"的教室空有四壁，教师水平也堪忧的时候。

所以，PLCF从最初的零散的图书捐赠，到后来决定为孩子们建造一整座蒲公英乡村图书馆，直到现在它都是PLCF的主要项目。

> 一个小小的美好人

　　犹如对待自己的孩子一般，可名和她的团队对图书馆倾注了大量的心力。在图书馆的配书环节上，除了不断请童书领域的专业人士推荐五星级图书，她和另一位志愿者橘子姑娘还要反复甄选和修订书单，审核图书的难易程度；而负责买书的志愿者烧海有时会工作到半夜，宁可多花时间分为小单来下单，也尽量避免大单到了农村可能中途箱子因为破损而造成的图书损失；负责室内物品采购的金明兄虽然已近中年，但仍然不辞辛苦地泡在淘宝上货比三家，争取用最少的钱买到最好的东西……

　　所有的这一切工作，在过去的几年中，没有一个人拿过一分钱的报酬；除了可名一人是全职的之外，其余全是志愿者。然而，这样的团队却创造了无数的奇迹：从2008年暑假，第一座蒲公英乡村图书馆在国家级贫困县安徽临泉县姜寨镇王楼小学建成，到2010年秋季，已有17座建成，2座在建。没有任何主动出击的劝募，全是自身用心行善的默默公布，捐助人间的口耳相传。数千农村孩子迄今看过了总计数万本图书，无数心灵上的、言行上的改变正在发生。蒲公英乡村图书馆，已经悄然成为中国乡村最美好的图书馆。

　　对于可名而言，她的这些深情与付出都是值得的。天真可爱的孩子们和这片土地上的人们的情感馈赠，让她倍感欣慰。

　　2009年去王楼图书馆的时候，六年级的女孩李远远，挽着可名的胳膊肘说："老师，我快毕业了。可是我每天都要跑到图书馆来看一眼，哪怕今天不是我们班级进图书馆。因为我看一眼少一眼。

让孩子们从好书中获取营养，有启发，有深思，能用自己的视角去感知这个世界时，可名觉得大家的辛苦都获得了回报。当看到一个名叫李秋娟的小女孩在读完《海的女儿》后写下评语："我认为一个小女孩不应该为爱情而死，应该过平平淡淡的生活。"她欣喜而感动。

十多年来，可名一直在坚持自己的公益事业。一直一个人生活，但她从未孤单。留学海外之后，她选择了归国。如今在上海从事教育事业。对于自己的公益事业，她寄予深情，她说："她是我终生的事业，我将一直做到我老得动不了。世界很大，我改变不了全部；人生很难，我亦无意如何有为。我只是希望孩子们将来在人生困顿的时候，心里有一丝支撑他好好活下去的光亮。"

45

闲下来,成为看花的羊

我们之所以为人,是因为生活

三十岁,纯如已经拥有了傲人的一切。作为一家国企的高管,她事业有成,生活安稳,唯一的遗憾是暂时与先生分居两地,先生在美国攻读医学博士,两年后归国。在先生出国前,夫妻俩约定好,这两年都安心忙事业,等团聚后再要孩子。

这样的生活,似乎就是一列平稳运行的高速列车上的常态。有期待,有憧憬,有奋斗,有扶持,两个渴望变得更好的人一起朝着更美好的方向眺望。

为了赢得更高的事业起点,为今后怀孕生子做好必要的各种准备,纯如果然把所有的时间和精力都投入在了她钟爱的事业上。周末,她只要没事就去公司加班;平日,当下属准点下班,她还在办公室挑灯夜战项目计划书。一旦忙起来,她经常吃饭没个准点,休息也没有规律，久而久之，身体状况也开始急剧下降。

正在这时，要好的同事患乳腺癌的消息不胫而走。伴随同事的休假，她手头的工作骤然变得更繁杂起来，她除了安慰患病的同事，还要不断地处理各类日常的、临时的工作，这让她一度感到心力交瘁。一个傍晚，她接到父亲的电话，告知自己的妹妹罹患肺癌，一家人在电话里面哭成一团。她的心突然地"砰砰"直跳，恍惚间手机也滑落在地。

这到底是怎么了？日子并未如寻常有丝毫的改变，可是她的境遇已经不复从前。偶尔地去医院看望同事，见她在家人的照顾下强露笑颜，坚强面对病魔对肌体的各种折磨。穿刺、扎针、放疗、化疗、靶向治疗、免疫治疗等字眼不断出现，给纯如的内心带来巨大的心理创伤。这边，妹妹的肺部切除手术在某个周一上午的十点进行，望向时年才二十岁的她换上病号服被推向手术室的那一刻，她有万箭穿心的无力之感。双鬓发白的父亲、母亲、姑妈、姨妈、舅舅、舅妈等一众亲人都从四面八方赶来，集聚在手术室门口，焦急和忧虑的眼神让她无比酸楚。有什么，可以拯救当时当刻的无助与神伤？

在疾病面前，人是如此地脆弱。纵使你有千军万马，你心中气象万千，你有多少凌云壮志，你都没办法改变疾病对健康的吞噬！

一个疗程一个疗程地化疗下来，一次又一次地住进医院，一次又一次地与癌细胞做艰苦卓绝的斗争。过去总觉得疾病距离自己

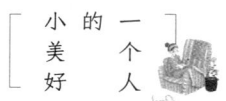
一个小的美好

特别遥远的纯如这才发现，这世界，除了身体是自己的，什么都是浮云。

在接下来的日子里，纯如又从亲戚朋友那里得知各种突然患病的消息。在空气污染、生活压力、食物不安全等多重因素的交织下，许多人都生活在不安和恐惧之中。

这时候，纯如发现了身边人的一个共同特点——玩命地工作，敷衍地生活。但大家似乎都轻而易举地忽略了一件事情：我们之所以为人，是生活而不是工作。

"不要让自己成为除了工作什么都没有的人"。带着这样的信念，纯如决定放下执念，让自己的脚步慢慢放缓，欣赏生活中沿途的美丽风景。

慢下来，欣赏生活的风景

带着对自己身体的珍视，纯如深感命运无常，她突然就觉得自己的每一天都要闪现出透亮的光泽，余生每一天的日子都变得格外弥足珍贵。周末来临，她不再选择加班，而是在周五的下午果断处理完工作后准点下班。回到一个人的家，她让自己的生活变得越来越富有仪式感：围上漂亮的围裙，给自己精心做一顿可口的晚餐，可以是煎牛排，撒上最爱的黑胡椒，可以是水果沙拉配煲仔饭；饭后，她会选择独自出门走走，在小区弯弯曲曲的林荫小道上，踩在凹凸不平的鹅卵石上蹦蹦跳跳，仿若回到孩提时代；九点回到家中，在浴室点上一排红色的蜡烛，在红烛温暖的烛光中泡一次牛奶浴，面对镜子欣赏自己；十点，在一个人的卧室，靠在松软的床头，在寂静中好好地看书，而后悄然入睡……每一天中的分分秒秒，纯如都希望自己活得是有品质的，她希望自己行进中的每一天都能留下美好而温馨的回忆。虽然没有爱人的陪伴，也没有儿女承欢膝下的热闹，但她知道自己才是自己的主宰，自己的快乐别人怎么都拿不走。她要随时随地地满足自己身体的需要，渴了就喝温水，饿了就吃有品质的食物，困了就休息，不再轻易压抑自己，不随便扑灭内心升腾起来的哪怕微弱的一点点火苗。

那是一个阳光明媚的清晨，她在一个人温暖舒适的卧室里醒来，满屋子的阳光洒落一地。抬头一看，已经是早上九点。她突然很满意自己的这种"一觉睡到自然醒"的状态，然后飞速起床后，给自己冲了杯麦片，做了一个培根三明治。吃完后，心满意足地打开音乐，然后开始打扫卫生，直到房间所有物品整齐归位，能一览无余之后，她才心满意足地停下来，坐在沙发上，端起一杯拿铁咖啡。

下午，纯如突然就很想去看看最真实的生活。她一个人漫步来到公园，坐下来安静地观察公园里的一切。在这里，她看到孩子们在草地上嬉戏，看到老人们在跳扇子舞，看到年轻的情侣们卿卿我我，她不由得默默地笑了。原来，这才是生活啊！有朴素的玩乐，有真实的情感，有潇洒的肆意，简简单单地追求自己想要的放松

一个人的小美好

多好。

现在的纯如仿佛变了一个人,职场上她依然优秀,但生活中的她变得格外温存。她喜欢民国老课本中的一篇文章,虽然这篇文章只有两句话:三头牛吃草,一只羊也吃草,而另一只羊它只看花。

没错,生活中的我们不一定老是要赶着去吃草,也可以试着闲下来,成为那只看花的羊。

46

升级朋友圈

格局越大,人生越宽

那日看到一篇文章,让沈墨回味了好久。

据说,左宗棠很喜欢下围棋,而且,还是个中高手,其属僚皆非其对手。

有一次,左宗棠微服出巡,看见有一茅舍,横梁上挂着匾额"天下第一棋手",左宗棠不服,入内与茅舍主人连博弈三盘。主人三盘皆输,左宗棠笑道:"你可以将此匾额卸下了!"。随后,左宗棠自信满满,兴高采烈地走了。

没过多久,左宗棠班师回朝,又路过此处,左宗棠又好奇地找到这间茅舍,见"天下第一棋手"之匾额仍未拆下。左宗棠又入内,与主人再下了三盘。这次,左宗棠三盘皆输。

左宗棠大感讶异,问茅舍主人何故?主人答:"上回,您有任

务在身,要率兵打仗,我不能挫您的锐气。现今,您已得胜归来,我当然全力以赴,当仁不让……"

相比棋局的胜负,这位棋手的境界实在是让人无比动容!世间真正的高手,是能胜,而不一定要胜,有谦让别人的胸襟;能赢,而不一定要赢,有善解人意的意愿。

关联到自己生活和工作中的许多事,沈墨发现有异曲同工之妙。在工作中,有个别同事趋炎附势,唯恐吃一点小亏,工作挑肥拣瘦,专挑轻松的干。遇到复杂、棘手的事儿,总是想办法甩脱干系。久而久之,领导和同事便也不太找这样的同事帮助,也不会给他们更好的位置。这些人便也开始乐得其所,在现有的岗位上蝇营狗苟,消遣度日。可是沈墨不同,她毕业于名牌大学,对自己的未来有清晰的规划和安排。她认为活着的每一天都要创造出璀璨的价值,虚度光阴无疑是在浪费生命。她勤奋主动,积极好学,每天总是提早到办公室,下班坚持把工作做完再离开,还默默帮助其他同事收拾烂摊子,深得领导和同事的信赖。

不久后,公司遇到了一个很复杂且棘手的项目,大家都不愿意接手。做好了不会有表扬,但是做砸了绝对要挨批。沈墨经过一番思虑后主动请缨。接下来的日子,她每天加班,查阅大量资料,逐一分析研究各种应对方案,撰写大量调研报告,提出可行性报告和工作设想。在关键时刻,她偶遇贵人助她一臂之力,终于成功将这个项目拿下。

交付工作的当天，恰好公司董事长也在。董事长听过汇报之后，非常满意，当即将沈墨破格提拔为公司最年轻的部门经理。

这一刹那，沈墨真切感知到了格局的不同。一个人心中有大抱负，才能耐得住寂寞沉下心来做事，才不会锱铢必较只注重眼前的得失，才能矢志不渝地坚守自己的理想，最终也才能获得自己想要的成就。

这也就是，格局越大，人生越宽。一个人的日子里，沈墨因为有了耕耘的汗水，有了付出的辛劳，才达到了他人无法企及的高度。

升级朋友圈

人的一生是见天地，见众生，见自己的过程。不同的认知层次，形成了不同的人生格局。它决定了你能看到怎样的风景。

明白这个道理后，沈墨的胸襟变得豁达。面对未来人生的许多变数和不可预知，她开始着力调整自己的思维方式，主动升级朋友圈的人脉。在工作中，她有意识地和那些满怀理想、心胸宽广的同事与同人交往，主动与那些充满正能量的朋友保持密切的互动与往来，从他们身上不断吸取各类信息和资讯，遇到工作中的困惑随时向他们咨询请教；在生活中，她有意地扩展人脉，有意识地去参加一些聚会或论坛活动，主动结交诸如法律界、医学界的朋友，对于有可能会遇到的相关法律知识及寻医求药的事项进行合理对接与征

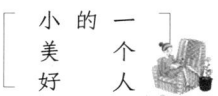
一个小的美好

询。同时，她还通过工作场合或是周末的各类聚会、沙龙等不断结交各行各业的朋友们，为自己的生活提供必要的扶持与帮助。

　　一日，她陪父亲去医院看病。正在踌躇间，竟发现对面身穿白大褂走来的竟然是自己的小学同学，两人相视而笑。通过小学同学，她很快就找到了一大群儿时的伙伴甚至中学时期的同学。不久，加入了同学微信群。那一年的春节，她应邀参加了群主组织的同学聚会，这一场70多人的聚会回忆了青春，畅谈了当下，憧憬了未来，给沈墨的内心留下了温情而难忘的回忆。在这些同学中，有个体老板，有教师，有医生，有律师，有美容师，有心理咨询师，有作家，有画家，有室内设计师，有主持人……各行各业的都有，

让她的人际圈一下子扩大了许多。那一段日子，沈墨的生活骤然丰富多彩起来，与同学的各种互动与亲密让她觉得人生充满了闪烁的光亮。

升级了自己的朋友圈以后，沈墨发现朋友们对自己的提升远远不是考几张职业资格证可以比拟的。朋友们的胸怀、格局、气度乃至他们面对世事的看法直接改变和影响了她的很多方面。比如，过去她在工作中遇到委屈，总是一个人隐忍，现在她知道，生活并不同情弱者，如果遇到对方违反原则，可以适度地据理力争，该拒绝就拒绝。过去，她一个人的日子里，遇到水管破了，灯泡烧了，她总是不好意思麻烦别人，现在她发现，朋友圈里面的很多人都特别关心自己，只要自己说一下，马上就会有朋友前来解围。而后，沈墨邀请对方吃顿饭，大家一起谈笑风生，既解决了个人的燃眉之急，还联络了朋友感情。何乐而不为呢？

在这个快节奏的年代，很多人都觉得活得很焦虑，没有真正志趣相投的朋友，没有真正能走入内心的朋友。沈墨说："人与人之间要不怕麻烦和打扰，有交集才能有感情，有交集才能有快乐。好的朋友是可以彼此成全的，好的人脉是一定能够成就自己的。"在拥有了四面八方的爱，在汇聚了多方的关注与吸引之后，沈墨对自己的未来充满信心。她发现，所有的一切都在脚下，人生的全部美好都值得期待。

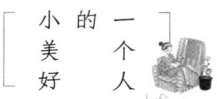
一个的小美好人

47

用品位提升生命的质感

精致，让她懂得更用心地生活

秀娟爱笑。在采访中，我多次聆听到她的笑声，如此地澄澈通灵，不用太刻意地营造，纯天然发自内心。要做就要做到最好的她，总是不断地要求自己更努力地趋于完美。多年致力于英式下午茶茶馆开发与经营，她的足迹遍布30多个国内外城市，共开发了80余家茶馆。可在她的人生字典里，从不存在"成功"二字，而恰恰她更愿意用"丰富人生""精彩自我"这样的字眼去激励自己。

她说："如果说能够在目前的工作领域算是有点成绩的话，我认为靠的是对生命充满热情和坚持理想永不妥协。"

工作上兢兢业业、精益求精的她，常把"快乐"二字挂于嘴边。在她看来，工作并不存在压力和挑战。一是因为能够胜任，二是充满乐趣，三是没有强迫。如此一来，又怎会有愁肠百结呢？

小到茶馆选址、装潢设计，大到员工管理、投资开发，身兼经理人与投资人于一身的秀娟更忙碌了。她笑称自己是住在"富人区的穷人"，因为常常提着大包小包奔跑在路上，她欢乐地忙碌着。她说："我觉得自己活得很真实。我有没有钱并不那么要紧，我在意的是自己是否活得自在。"

她将"英式下午茶"的精致生活理念带到世界各地，在数以万计的女性心中播下精致生活的种子。

袅袅茶香，缓缓书香，在幽雅的氛围中，享受着属于女人自我的时光。这是秀娟内心渴求的情境。每一天，她都在跟自己的内心对话，既然创业时那么苦都熬了过来，现在这点困难又算得了什么呢？就这样，她近乎执拗地坚持了下来。尽管那期间，要忍受许许多多不为人知的委屈与苦闷。

她常常说："吃过苦，所以能知道自己的底线在哪里。"我们谁都无法选择自己的出身，当一些人在奋斗时吃尽苦头，忍不住要抱怨起老天的不公平时，她却用"千金难买少年贫""正因为上天的不公平，我们才要通过努力去消除这种不公平"来激励自己。原来，苦难是这么厚重的一笔财富。苦过之后的人，笑里有甘甜。

对于如何培训员工，她有一套完善的培训体制。除了坚持进行道德教育，在员工心中牢牢地建立"顾客至上"的宗旨外，她还会进行美学教育。在秀娟领跑的学习性组织中，每周都会有集中学习的时间。学习先做人，再学做事、做好事、做值得做的事，这是秀

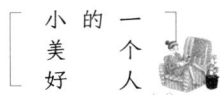

娟坚持倡导的理念。

在她看来,有一句话值得分享,"先学会做人,再学会做男人或女人"。所以,她不会界定自己是女性,而是首先想到如何领导才会对团队有影响力。

服务业是一个需要被尊重的行业。这在秀娟眼中,更具深刻意义。"因为随手可得,所以起初许多人不太懂得尊重。所以,我的理解是首先学会尊重他人,然后赢得他人对自己的尊重。"在秀娟的英式茶馆里,她曾提倡慢声细语、尊重服务、最低消费等,也曾遭遇现实的种种不如意,但她都会智慧地处理,让客人笑着进来,笑着离去。

用文化创造品牌永恒的价值

十多年前,秀娟偶然看到一本书《国家竞争力》。书中的核心观点令她醍醐灌顶:任何一家企业的发展都要与文化艺术结合,否则将无法生存。

她常说:"我的价值观是用文化创造品牌永恒的价值,这个价值包括商业利益与品牌的影响力的平衡。"

她说:"做人如做茶,越纯粹越好,越甘醇越美。"当然,你丝毫不用怀疑秀娟温软话语背后的坚定。她说出的每一个字眼,都是经过自我精心地雕琢。她说:"我们从事的就是精致产业,要给客人提供一种非常优质的生活方式,如果没有热情,当然做不好服务，如果没有团队精神，就更加谈不上让每个客人乘兴而来，高兴而归。"

走进安薇塔茶馆，英国18世纪的贵族气息扑面而来，满眼的玫瑰"图腾"般地引人向浪漫"膜拜"。店里触目可见的手工玫瑰隔屏，是秀娟自己独特的创意，这种原本是英国人用来遮挡壁炉的装饰，被她以浪漫的名义和造型围拢出最适合亲密交流的私密空间。

这是秀娟力图营造的氛围。除了浪漫之外，她还希望在放松与自如间，让女人们能在英国文学的放松下，找到自我的所在。

在无数个场合，秀娟都会提到一个对自己影响力最深的一句话。那是台湾玫瑰园董事长说过的一句话："人生最有价值的，不是财富，而是在人生的路上你坚持什么，而且坚持得无怨无悔。"而她常常与同人们共勉的信念之一是：不断创新并坚持质量，让时间去淘汰那些模仿与无法坚持的人，这样就能证明品牌的永恒……

"登高必自卑，行远必自迩"。身段低、眼光远，是她的座右铭。

多年来，她向来不随意地将自己曝光在媒体面前，对于多家公司或企业提出的演讲邀请，她也是婉转拒绝。但是如果对于公司发展有益处的事情，她还是乐意站立于人前。

对于为人的高调和低调，她的理解近乎通透："人都有两面。低调真正的意义在哪里？低调是因为有很多地方已经满足了高调，所以不需要再高调。我已经拥有那么多广阔的舞台了，当然不在乎

一个人的小美好

高调不高调的问题。"

虽然不是女权主义者,但秀娟无限支持女人独立的心态。她说:"当抛下所有的烦恼和压力,换上一套漂亮的衣服,和朋友坐在玫瑰园里,静静地享受着生命的曼妙,真的是一件无比惬意的事情。"

时针滴答,有一位优雅、智慧的女性,愿意为更多内心有追求的女性朋友,营造这样的一种美好氛围。在此期间,她的人生价值得以舒展,周围全是快乐的气息。

她说:"我最惬意的是,我的理想被支持。"没错,能将兴趣与工作结合,乃是秀娟苦尽甘来的收获。在一个人的世界里飞跑,她内心那份对浪漫的执着与追求,从未改变过。

多年来,秀娟坦诚自己没有想过崇拜别人,但如真要有崇拜,她会特别欣赏知性又智慧的女子。因为她说:"这样的女孩子,在理性上可以主导自己的生活,有智慧地处理自己的感情和人生。从品位的角度,我也会非常乐意和这样的人交朋友。"

工作与生活,早已经不存在平衡,文化提升了品位,品位提高了生命的质量。而今的她,只希望自己尽量在休息的时候,可以多多阅读,可以静心为未来做更好的规划,也让心休息一下……

48

如你所是的那样绽放

女人要有主宰自己的能力

雅丽常挂在嘴边的口头禅，便是"做人要低调，做事要高调！"

本科学新闻，读研时改攻心理学。新闻学+心理学这份特殊的学业背景，令雅丽比常人多了份深谙人心的耐力与通达。

大学毕业后，雅丽做的第一份工作，是在外企做市场推广，专门负责活动组织和策划。白领丽人的光鲜职业，蒸蒸日上的事业愿景，一切恍若春天般明媚，可她却总觉得这份工作似乎不是自己应该坚持的方向。后来她辞掉了工作，因为她想写一本关于女性的书。为此她动用身边各种关系采访了几十位有故事的"问题女性"，有时候就是切切实实"赖"在她们身边看她们怎么生活、怎么处理复杂的情感纠葛。机缘巧合，2013年，这部书稿完稿后，

> 一个小的美好

还没来得及联系出版社，一位朋友就介绍她去一家情感类的媒体面试。当她带着书稿过去，对方很是满意，第二天就通知她上班了，并且还让她担任一个编辑部的小领导。此后，这部书稿全部在媒体上发表了，刊登后大受欢迎，这坚定了她继续做下去的决心。

真正做媒体之后，雅丽才发现生活是切切实实地打开了新局面。以前的阳光雨露、鲜花海浪，都是眼里的海市蜃楼，而当真的仿若眼前，才发现别有洞天。她感觉到，这不仅是一份必须要做的工作，而且是一份发自内心想要去奔赴的事业。每天与行行色色的女性接触，与她们的情感世界对话，收获的不单是一份工资，而是一种对人的认识与关怀，当然对人的阅历也是一份强有力的提升。

从小领导到主编，雅丽仅用了两年的时间。在那段日子里，没有人怀疑过她的敬业与赤诚。她将自己全部的热情与精力都不遗余力地投入到工作中，她以自己敏锐的视角，捕捉现代都市女性的情感和婚姻生活里的困惑和疑难，并为她们做出最恰到好处的解答和疏导，所以深得读者青睐。当然，这个执着的女人休闲时也不忘工作，甚至在朋友聚会时，她一张口便是："你觉得我们的刊物做得怎么样？还希望从期刊中看到些什么内容？"搞得像调查问卷似的。那段时间，朋友们都笑着说她"好烦！"

每天与各种各样的人生擦肩而过，经历别人的悲或喜，体验自己也许不可能体验到人生百味。雅丽的心态特别豁达。

有一次，她去中央台做一期关于"幸福"的节目，编导问：

"你觉得你过得幸福吗？"她答："我每天一睁眼面对的都是痛苦的人，离婚的、疾病的，甚至自杀的……有时候听完了她们的故事，再想想自己，我还能健健康康地活着，这不叫幸福叫什么？"

在网络上，以自己出众的文采，幽默的谈吐，智慧的语言，不断地为渴望爱与被爱的女人们解答疑惑。很多人也许认为雅丽本身的感情世界，肯定早已是千帆过尽。其实，虽然早已到了适婚年龄，但她依旧没有结婚的打算。人们常常说女人在该结婚的时候结婚、该生孩子的时候生孩子，就会有个完美的人生。但她并不迷信这样按部就班的人生。所以，面对周围人或不解或着急，她总是说服自己："人人都这么做，并不代表就一定适合我。女人该对人生有自己的一套规划，不必盲目，也不必跟风去生活。"

被人需要，是最极致的幸福

在雅丽看来，所有感情问题都不外乎一个原因：欲望。每个人都有自己的一份欲望，没有时想要得到，得到了，又想要得到更多。她说："生活中的人，能够全做到高智商又高情商的又有几个，何况是恋爱时！我觉得恋爱有时候很像醉酒，即明明脑子是清醒的，但身体行为上却不由自主。所以很多女人一边恋爱一边骂自己贱，明明知道不应该，却还是忍不住犯傻。"

她继续说道："女人想要健康快乐，只需要记住一点，要有主宰自己的能力。事实上，很多女人是做不到这一点的，她们把主宰

> 一个人的小美好

未来生活的种种麻烦事都交给男人去做。这么一来,就很被动了,感情好的时候,很舒服很省事,但感情一旦出现了问题,女人就输得很惨。任何时候,女人都不应该把宝押在别人身上。"

在杂志社工作期间,雅丽早早学会了把自己武装成一位情感专家,而随着自身阅历的增加以及接触更广泛的社会群体现象,她对感情、对女性,有了更深刻的认识。随后,她很快在网络上注册了自己的博客并专门回复网友留言以及读者的邮件,这些变成了她日常生活里必不可少的、公私不分的工作。

雅丽很真挚,也很真实。她说:"无论是爱还是痛,能说出来,才是幸福的开端。"看着每天数以百计的来信,她觉得这真是一群努力想活得完美的女孩子。因为,只有懂得倾诉,才能活得更好。

雅丽说:"我便是这样一个在世界的某个角落里倾听他人声音的人,不期望带给他人翻天覆地的改变,只希望能给对方的心留一个出口,遣散出压力和苦闷,这便是我这些年以及以后多年所做的事情!"

每天被人群包围着,她丝毫不觉得孤单。相反她无比享受这份充盈起来的感觉,她说:"活在这个世界上,被人需要,是一种极致的幸福!这是一种人生价值的最好体现!"

她还说:"人唯有活得真实,才活得舒服,所谓名气、光环,这些东西会给人带来心理上的成就感,但成就感绝对不等同于幸福感，并不是你越有名气就活得越滋润，有时候恰恰相反。所谓光环的东西会成为生活中的一些桎梏，会让自己活得压抑。"

  对于未来的规划和安排，雅丽很有信心，她始终认为，一个人只要不是存心地糟蹋自己，总是会越走越顺、越来越好的。所以，坚持现在的方向走下去，就是最重要的。

  一个人的世界，也可以活得精彩！